GALOCHE

LA BROUE DANS LE TOUPET

Catalogage avant publication de Bibliothèque et Archives nationales
du Québec et Bibliothèque et Archives Canada

Brochu, Yvon

Galoche la broue dans le toupet

(Galoche ; 11)
Pour les jeunes de 9 ans et plus.

ISBN 978-2-89591-119-7

I. Lemelin, David. II. Titre. III. Collection: Brochu, Yvon. Galoche ; 11.

PS8553.R6G3447 2011   jC843'.54   C2010-942572-3
PS9553.R6G3447 2011

Tous droits réservés
Dépôts légaux: 2ᵉ trimestre 2011
Bibliothèque nationale du Québec
Bibliothèque nationale du Canada
ISBN 978-2-89591-119-7

© 2011 Les éditions FouLire inc.
4339, rue des Bécassines
Québec (Québec) G1G 1V5
CANADA
Téléphone: (418) 628-4029
Sans frais depuis l'Amérique du Nord: 1 877 628-4029
Télécopie: (418) 628-4801
info@foulire.com

Les éditions FouLire reconnaissent l'aide financière du gouvernement du
Canada par l'entremise du Fonds du livre du Canada pour leurs activités
d'édition.

Elles remercient la Société de développement des entreprises culturelles du
Québec (SODEC) pour son aide à l'édition et à la promotion.

Elles remercient également le Conseil des Arts du Canada de l'aide accordée
à son programme de publication.

Gouvernement du Québec – Programme de crédit d'impôt pour l'édition de
livres – gestion SODEC.

IMPRIMÉ AU CANADA/PRINTED IN CANADA

LA BROUE DANS LE TOUPET

YVON BROCHU

Illustrations
David Lemelin

ÉDITIONS FouLire

Marilou, la mère d'Émilie, a toujours la broue dans le toupet : vite, elle doit terminer un rapport ministériel ; vite, vite, elle doit déguerpir car elle est en retard à un rendez-vous avec sa ministre ; ou encore, vite, vite, vite, elle me court après pour une peccadille…

Mais, aujourd'hui, c'est à moi d'avoir la broue dans le toupet, foi de Galoche ! Et cette fois, Marilou n'y est pour rien… À toi de découvrir à cause de qui !

Bonne lecture !

N'oublie pas qu'il me fait toujours plaisir de t'accueillir dans ma cyberniche
www.galoche.ca

PLEIN LE DOS DES RÉNOVATIONS !

Couché au pied du lit de mon Émilie en cet après-midi tout gris, moi, Galoche, je ne parviens toujours pas à fermer l'œil. Ma Douce pourrait même revenir de l'école avant que je n'aie pu faire le moindre petit somme. S'il risque de pleuvoir à l'extérieur, c'est déjà l'orage à l'intérieur, chez les Meloche.

BANG!... BOUM!... POW!

La maison des Meloche ressemble à un vrai chantier de construction. En fait, tout le rez-de-chaussée est en rénovation. Une brillante idée de Marilou, la mère d'Émilie. Qui d'autre ?

BATACLANG!... ZZZHHHHIIIIIIIII !

Échafaudage, arrachage de céramique, tapage de clous, vacarme de scie ronde, de perceuse, de sableuse, sans oublier les :

– *Garoche*-moi l'marteau, Ti-Joe !

– Passe-moi la *crow bar* pour que j'y arrache la tête !

Parfois, je soupçonne les ouvriers de vouloir arracher la tête de Marilou, qui les épie constamment et crie souvent après eux :

– ATTENTION À MON VAISSELIER !... OH, OH, OH ! PAS TOUCHE À CE CADRE, Il VAUT UNE FORTUNE. JE VAIS LE FAIRE MOI-MÊME !...OUSTE ! OUSTE ! LE DÎNER EST FINI ! GROUILLEZ-VOUS UN PEU !

Heureusement, je n'ai pas à subir les foudres de Marilou, occupée qu'elle est avec ses travaux. Mais pour les pauvres hommes en bas, ce n'est pas rigolo. Même qu'hier soir, j'ai surpris une conversation entre Fabien, le gros-grand-barbu de père d'Émilie, et le chef des travaux, dans la toilette; une discussion qui se voulait sûrement secrète étant donné l'endroit et le fait qu'ils parlaient à voix très basse. Le museau glissé dans l'entrebâillement de la porte, j'ai entendu ceci:

– Écoutez, m'sieur Fabien, mes hommes acceptent de travailler le soir, et même la fin de semaine, pour respecter les délais, mais votre femme est pas... est pas... paaaas...

– Endurable?

– Ouais! En plein ça!

– Euh... oui, Marilou n'est pas toujours facile à comprendre...

– Je dirais plutôt qu'elle se fait trop comprendre.

– Euh… oui. C'est pas ce que je voulais dire…

– Un vrai chien de poche !

– Il faut lui pardonner ses excès : elle sort d'une petite dépression, voyez-vous. Elle commence un nouveau job comme sous-ministre adjointe dans deux semaines, après un long moment d'arrêt de travail. Elle a beaucoup de pression, ces jours-ci. Pouvez-vous expliquer ça à vos hommes discrètement ? J'apprécierais beaucoup. Faut surtout pas laisser tomber les travaux, hein ? Là, je serais vraiment dans le pétrin…

Fabien avait tellement l'air découragé quand il a dit cela que j'ai pensé qu'il allait terminer sa phrase par un « *misère à poil* » ! Mais non ! « Oh, oh ! que je me suis alors dit, en m'éclipsant, je ne suis pas le seul à en avoir plein le dos des *rénos*, les ouvriers aussi. Raison de plus pour que je n'aille pas jouer dans leurs pattes... »

BANG !... BOUM !... POW !

Les bruits me sortent de mes pensées et me ramènent brusquement dans la chambre d'Émilie. Quelle semaine d'enfer !

C'est bien connu, nous, de la race canine, nous sommes un peu plus dormeurs que les humains et avons besoin de plus de sommeil qu'eux. Eh bien, pas une seule journée je n'ai pu faire la sieste ! D'ailleurs, si les humains suivaient notre exemple et prenaient le temps de se reposer davantage, ils seraient moins bougons, beaucoup moins stressés et de bien meilleure compagnie, foi de Galoche !

ZZZHHHHIIIIIIII !

Et il n'y a pas que le manque de sommeil qui me frustre...

Je demeure dans la chambre d'Émilie presque tout le temps; pourtant, moi, Galoche, j'ai les tympans qui sonnent et rebondissent dans ma tête depuis des jours et des jours, au point que j'ai l'impression que cette dernière n'est plus qu'un gros grelot coincé dans une cloche. De quoi me rendre fou!

Pour nous, les chiens, les humains paraissent sourds comme des pots, car nous avons l'ouïe beaucoup plus développée que ceux-ci; ça aussi, tout le monde le sait... et pourtant, personne ne s'en soucie. Encore moins les Meloche, et surtout pas la Marilou!

PATOW!... BOUM!

Par contre, incroyable mais vrai: les bruits sont tellement incessants et forts que, depuis le début des travaux, je n'ai pas entendu une seule fois les cris de Sébastien, Monsieur-je-sais-tout, toujours en train de se disputer avec sa sœur Émilie, ni les hurlements d'Éloïse, la grande diva, l'aînée de la famille, constamment en train de répéter à haute voix un de ses rôles comme si elle était seule sur scène au Stade olympique. Quel bonheur! Bref, comme tu peux le constater, je suis un chien positif et je tente toujours de voir le bon côté de toute chose...

Pourtant, j'ai bien peur qu'avec toutes ces rénovations, les Meloche oublient la fête de mon Émilie, la semaine prochaine... D'habitude, il n'y a que Fabien pour y penser, mais là, avec la Marilou dans tous ses états et la maison... en mauvais état, je doute fort que...

BANG!

Cette fois, ce n'est pas le fruit d'un ouvrier, mais bien de mon Émilie. Il y a tout de même quelques avantages à avoir l'oreille aussi fine! À chacune de ses entrées, ma Douce paraît vouloir défoncer le mur du vestibule. Et à chacune de mes folles descentes d'escalier pour la retrouver, tous poils dehors... BOUM ! BOUM ! BOUM !... OUILLE ! OUILLE ! OUILLE !... je déboule jusqu'à ses pieds, tout en bas.

Cet après-midi, c'est Marilou qui me tombe *drette sur la margoulette* !

– Tiens, la vieille sacoche qui sort de son trou !

– Maman ! s'insurge la voix de ma Douce.

Moi, Galoche, encore assommé, je vois de jolies petites étoiles...

*****

À peine les étoiles se sont-elles éclipsées dans ma tête que... CLAC ! Un large élastique claque violemment de chaque côté de mes mâchoires. La mère d'Émilie vient de m'accrocher un masque qui recouvre ma gueule.

– Voyons, maman, lance Émilie, c'est pas si pire que ça!

– Ma petite fille, je te le répète : il y a de la poussière dans l'air et c'est très dévastateur pour nos poumons.

Si j'étais un humain, je poufferais de rire. J'ai le même réflexe depuis le début des travaux chaque fois que je vois la mère d'Émilie couvrir la bouche de tout le monde d'un masque, dès leur entrée. On a tous l'air d'une belle bande de voleurs...

Mais, plus drôle encore, Marilou est recouverte d'un fin plastique blanc, presque transparent, de la tête aux pieds, sans oublier qu'elle porte aussi des pantoufles bizarres, un ridicule bonnet ainsi que son masque.

Quelle horreur! On dirait une astronaute prête à partir dans l'espace. Et le pire: elle oblige la famille entière à porter cet habit lunaire!

– Pas question de salir notre linge et de sentir la poussière! se justifie-t-elle.

On dirait que Marilou ne peut jamais rien faire comme les autres; j'ai souvent vu des voisins contraints de vivre dans des rénovations… mais jamais ils ne se transformaient en cosmonautes!

Et ce n'est pas tout! Depuis l'invasion des menuisiers, plombiers, électriciens et autres, les Meloche prennent leurs repas dans le garage encombré de meubles, serrés comme des sardines, tous vêtus de blanc. On se croirait sur une autre planète…

BANG!… BOUM!… POW!

– Et toi, gros paquet de poils, me fustige la mère d'Émilie alors que je me remets de ma dure chute dans l'escalier, quand ta petite cervelle va-t-elle enfin comprendre qu'un escalier, c'est pas une glissoire ?!

– Ti-Joe, qu'est-ce qu'on fait du vieux *potte* noir avec des drôles de grosses fleurs dessus ? lance soudain une voix qui émane de la salle à dîner.

– AAAHHH ! Mon vase chinois !... rugit Marilou, qui se précipite aussitôt dans le corridor, nous laissant en plan, Émilie et moi. PAS TOUCHE AVEC VOS GROSSES PATTES ! ÇA VIENT DE HONG KONG, C'EST UN CHEF-D'ŒUVRE DE L'ART ORIENTAL !

Je ne crois pas que la mère d'Émilie réagirait aussi intempestivement si quelqu'un trouvait le seul cadeau qu'elle m'ait jamais fait... J'imagine très bien l'ouvrier crier :

– Ti-Joe, qu'est-ce qu'on fait avec ce gros os de caoutchouc vert-de-gris que je viens de trouver sous l'armoire de la cuisine, dans un vieux bas de laine tout poussiéreux?...

Ouache! Quel horrible cadeau! J'en ai encore un haut-le-cœur juste à y penser...

Émilie me sort de mes sombres souvenirs et s'empresse de nous enlever nos masques.

– Vite, mon beau, avant qu'il pleuve, on va respirer du bon air, au parc! Pierre-Luc nous y attend.

Et comme à notre belle habitude...

- on grimpe l'escalier quatre marches à la fois;
- ma Douce s'amuse à lancer son linge de tous bords et moi à tout attraper avec précaution pour empiler les vêtements par terre dans la penderie, aussi soigneusement que possible;
- Émilie met ses écouteurs et commence à se vêtir de ses habits de sport, en se dandinant comme une

marionnette géante : une patte, un bras, deux pattes, le cou, alouette ! Je tente de l'imiter : deux pattes en l'air, deux oreilles faisant du hula-hoop... ce qui la fait toujours pouffer de rire, surtout si je perds l'équilibre et tombe sur le dos, comme en cet instant même... BOUM !... sur son cartable scolaire qui traîne par terre, près du lit, et qui me meurtrit la hanche. « Aïe, aïe, aïe ! Ça m'apprendra à me prendre pour un chien de cirque ! »

- Puis, comme toujours, dernière étape : une fois ma bonne amie habillée et moi de retour sur mes quatre pattes, nous filons vers le vestibule, à l'*emporte-poils* : Émilie glisse sur la rampe de l'escalier et moi, tu l'auras deviné, je roule jusqu'en bas.

– Vite, Galoche ! Faut pas faire attendre Pierre-Luc !

Émilie sort de la maison sur une patte, et moi, sur quatre pattes chancelantes, la tête aussi vaporeuse qu'une barbe à papa.

*****

Devant la maison, nous sommes stoppés dans notre course par une belle grande blonde qui arrive au pas de course.

– Ah! Émilie, tu es là! Que je suis contente!... lance celle-ci, radieuse et tout essoufflée.

Soudain, elle m'aperçoit et me fixe comme si j'étais le grand sphinx d'Égypte.

– Tabarouette! Qu'est-ce qu'il a, ton chien? On dirait des yeux de zombie...

– Il vient juste de débouler l'escalier. Pas grave, il est habitué: un vrai *Slinky*! Il a la couenne dure, mon Galoche!

D'accord, la Terre entière sait également que nous, les chiens, nous sommes beaucoup plus résistants à la douleur que les *deux pattes*: au moindre

petit bobo, un humain exécute une danse digne des plus belles singeries d'un orang-outang. Par ailleurs, la race canine n'est pas immunisée contre la douleur liée aux sentiments, telle que la gêne de se faire comparer à une *bébelle* aussi épouvantable qu'un *Slinky*. J'aurais espéré un peu plus de compassion de la part de mon Émilie... W-ouf!

– Que me vaut le plaisir de ta visite, Rosalie? lance ma Douce, sur un ton qui me rappelle celui de Marilou et qui me fait lever le museau d'étonnement et même un peu de frayeur.

– J'ai besoin de toi, Émilie! Tu es la plus débrouillarde de l'école.

Les yeux de mon amie se mettent à briller.

– Et celle qui a le plus de *leadership*… après moi! ajoute la jeune fille, en appuyant sur les deux derniers mots.

Les yeux d'Émilie lancent brusquement des étincelles qui jaillissent de son regard tels de petits vaisseaux spatiaux attaquant une planète rebelle.

Soudain, la mémoire me revient et je comprends mieux son attitude: la jolie Rosalie, devant moi, c'est celle-là même qui a battu Émilie lors de l'élection pour trouver une présidente d'école en début d'année. Mon Émilie m'avait alors mis dans le secret et m'avait confié sa peine.

W-ouf! Je suis tout ouïe et me fais tout petit aux côtés des deux «bonnes» amies…

– Tu as besoin de moi?

– Oui, Émilie! La Maison des jeunes manque d'argent pour ses activités. Et on m'a demandé de l'aide.

– Toi, tu vas aider ? réplique ma Douce, un peu moqueuse.

– Mais non, voyons ! Tu sais bien ce que je veux dire : la Maison a demandé de l'aide à l'école. À titre de présidente, j'ai eu l'approbation de la directrice pour faire un lavothon, samedi. Et les fonds vont tous aller à la Maison des jeunes.

– Et tu as pensé à moi ?...

Pendant un moment, Rosalie explique qu'elle a tout de suite songé à Émilie pour diriger une équipe complète, que la directrice est on ne peut plus d'accord avec ce choix judicieux et que tous les jeunes approchés aimeraient bien qu'elle accepte.

Puis, habilement, la présidente de l'école ajoute :

– Je sais qu'entre nous, c'est pas facile, facile... mais je crois qu'on devrait profiter d'une belle cause comme celle de la Maison des jeunes pour devenir amies. Qu'en dis-tu ?

W-ouf! Je vois dans le regard de ma grande complice les petits vaisseaux spatiaux rentrer un à un dans leurs orifices de mise à feu, où brillent maintenant des étincelles beaucoup moins belliqueuses...

« Jamais mon Émilie ne refuserait pareille proposition : elle a trop bon cœur ! »

– OK ! fait-elle.

– Bravo, Émilie ! lance Rosalie. Je suis très contente.

– On va faire un paquet d'argent, compte sur moi ! ajoute Émilie, en prenant son air de bélier, comme lorsqu'elle se dispute avec Sébastien, son fatigant de frère.

« Je le savais, je le savais ! que je me dis, fou de joie. Ça, c'est mon Émilie tout *jappée* ! »

– Tabarouette, Émilie, qu'est-ce qu'il a encore, ton chien ? Regarde-lui l'air ! On dirait qu'il est devenu... gaga !

«Bon, bon, bon... *Slinky*, gaga et puis quoi encore? On ne peut pas laisser transparaître ses beaux sentiments, maintenant?»

– Quand mon Galoche est aux oiseaux, il prend cet air bébête...

«Bébête?» que je m'étonne, les oreilles et les babines soudain tombantes.

– ...mais c'est le meilleur chien au monde, je peux te l'assurer!

W-ouf! Ces derniers mots agissent sur mon orgueil comme un diachylon sur une plaie; mais je reste un peu sur mes gardes, avec une étrange impression qui ne me rassure pas du tout. Pourtant, je m'efforce d'éloigner de mes pensées ce courant de méfiance qui m'assaille...

Pour leur part, les deux filles à mes côtés semblent très bien se comprendre et discutent déjà des préparatifs pour le lavothon de samedi. Elles s'entendent comme deux tourterelles sur une corde à linge, mais pas du tout tristes. Au contraire!

– Pour le lunch, dit Rosalie, je vais apporter mon accordéon dans le garage de monsieur Villeneuve!

– C'est parfait! renchérit ma Douce. Ça va créer de l'atmosphère!

– Il faut aussi penser à une méthode pour attirer l'attention des automobilistes et surtout les inciter à faire laver leur auto.

Des millions de petits poils se hérissent sur ma peau en entendant la solution suggérée par ma Douce:

– Rien de mieux que mon Galoche pour attirer l'attention, faire réagir les enfants, attendrir le cœur des parents et nous assurer du boulot toute la journée.

«Oh non! Je ne vais pas rejouer le chien-pancarte!» Je suis encore sous le choc de ma dure expérience lors de la fameuse vente de garage dans notre rue[1].

---

1. *Galoche, c'est parti, mon frisbee!*, chapitre 1.

– Bonne idée! s'excite la présidente. Amène ton *Slinky*: il y a un petit escalier dans le garage, on va bien s'amuser!

– GRRRRRRRRRRRRR!!!

Je suis presque aussi effrayé que mon Émilie par ce véritable rugissement que je viens de laisser échapper.

– Rosalie, intervient aussitôt Émilie, qui a saisi mon désarroi, je crois que ce n'est pas une bonne idée d'appeler mon chien *Slinky*… Il va falloir qu'on arrête si on veut compter sur lui samedi.

En bonne négociatrice, la belle blonde donne son accord et vient déposer un charmant baiser sur ma tête. Le lion que j'étais devient tout à coup un chaton…

«Très forte, cette Rosalie!» que je me dis, complètement séduit par celle-ci.

– Et puis, poursuit la jolie jeune fille en reprenant son rôle de présidente, il faudrait aussi que tu emmènes ton *chum*, Pierre-Luc...

Soudainement, le visage de mon Émilie se fige et devient cramoisi.

– PIERRE-LUC! fait-elle, en courant déjà vers le parc. Je l'ai complètement oublié!... Salut, Rosalie, on se reparle plus tard!

Moi, Galoche, sur les talons de ma Douce, je m'imagine le visage de Pierre-Luc, tout aussi cramoisi que celui d'Émilie...

*****

Il se met à pleuvoir alors que nous arrivons au parc. Je n'y vois presque rien et je suis trempé jusqu'aux os. Je tombe sur le dos en apercevant Pierre-Luc, debout dans le parc, dégoulinant de partout, qui nous accueille avec le sourire, comme si nous n'étions pas du tout en retard.

– Excuse-nous, Pierre-Luc! fait mon Émilie, en donnant un petit bécot sur sa joue ruisselante. J'ai eu la visite de Rosalie...

Moi, Galoche, je trouve les jeunes humains insignifiants quand ils jouent les amoureux, se prennent la main, se bécotent comme s'ils se donnaient la becquée, se font les yeux doux comme deux poux au creux d'une chevelure...

comme Émilie et Pierre-Luc, en ce moment même. Pourtant, je dois avouer que la gentillesse de notre jeune voisin à l'égard d'Émilie malgré cette longue attente dans le parc *m'é-patte*!...

Tout à coup... POW!

Un coup de tonnerre me fait bondir dans les airs, plus haut que jamais. L'instant d'après, un éclair me déchire le cœur.

« Et ces nonos de tourtereaux qui continuent de se faire les beaux yeux, en plein milieu du parc ! » que je me fâche, en sautant autour d'eux. Oui, oui, nous sommes courageux, nous, les chiens. Mais dès qu'un orage nous tombe dessus, une peur incontrôlable nous rend aussi vulnérables qu'un humain devant une souris...

– Oh, oh ! Arrête, Galoche ! lance mon Émilie. Tu vas déchirer mon chandail !

– Ne le dispute pas ! intervient Pierre-Luc. Rentrons ! Tu sais qu'il devient angoissé quand il y a un orage.

« Quel bon garçon, ce Pierre-Luc ! »

Nous traversons le parc à toutes pattes. Les oreilles au vent, j'entends :

– C'est d'accord, Émilie, je vais participer à ton lavothon.

– Génial ! crie ma Douce.

Quelques minutes plus tard, nous approchons enfin de la maison des Meloche. L'orage est presque terminé. W-ouf ! Mais la pluie continue de tomber. Je me sens aussi lourd qu'une vadrouille fraîchement sortie d'un seau d'eau. Je garde pourtant les oreilles en alerte.

– C'est quand même beau, la pluie, dit Émilie, qui ralentit le pas.

– Oui, tu as raison, roucoule Pierre-Luc, en freinant son élan. C'est… c'est pas mal… euh… pas mal sympathique.

Moi, Galoche, je frissonne de froid...
et de colère. Quelques mètres plus loin,
j'entends :

– D'accord, d'accord, je vais faire
l'homme-sandwich, avec Galoche à mes
côtés. À nous deux, avec nos pancartes,
on va t'attirer plein de clients.

Les oreilles m'en tombent et Pierre-
Luc dégringole du piédestal où je l'avais
innocemment placé au parc...

Pourtant, éternel optimiste que je
suis, chemin trottinant, je me convaincs
que, à tout le moins, participer au
lavothon va me permettre de sortir
de la maison et de me tenir loin des
rénovations assommantes de Marilou.
Du baume pour mes oreilles !

Mais si j'avais su ce qui m'attendait,
misère à poil...

PLEIN LE DOS DE JOUER L'ESPION !

Nous sommes samedi matin. Le soleil brille. Le genre de soleil qui me donne l'envie de sauter dans les airs pour l'attraper tellement il me fait penser à un beau gros ballon orange !

C'est le fameux jour du lavothon. Et dans mon cas, celui du *pancartothon*...

Pour l'instant, je suis de retour dans la chambre d'Émilie. Elle et Pierre-Luc m'attendent à l'extérieur: ma Douce m'a envoyé chercher sa casquette de baseball qu'elle a oubliée... SNIF! SNIF! SNIF!... Depuis un bon moment, je fais travailler mon flair au creux de la montagne de linge, par terre, dans la penderie.

SNIF!... BANG!... SNIF!... BOUM!... SNIF!... POW!

Eh oui, chez les Meloche, la symphonie de Marilou, en *réno* majeure, est bel et bien repartie. Et la mère d'Émilie reprend son rôle de soliste:

– MOLLO, MOLLO, AVEC CE MIROIR! IL VIENT DE MA MÈRE. C'EST UNE ANTIQUITÉ: ÇA VAUT DE L'OR!

Les narines exacerbées, je tombe enfin sur un bout de palette. Heureux d'avoir mis la patte sur cette fameuse casquette, je tire dessus de toutes mes forces et réussis à la sortir de ce fouillis indescriptible.

BANG!... BOUM!... POW!

Fièrement – et sans débouler l'escalier, n'étant pas vraiment pressé d'aller faire la pancarte –, je quitte la demeure. Wwwww-ouf! Fini le tintamarre pour aujourd'hui!

– Tu l'as trouvée. Bravo, mon beau! Tu es génial! me louange Émilie, en retirant sa casquette de ma gueule d'un geste très délicat, tout en me caressant le museau.

« Que lui arrive-t-il ? » Je suis étonné. Je m'attendais plutôt à des reproches pour avoir pris autant de temps à lui rapporter sa casquette.

– Demain, Galoche, je te promets que Fabien va te donner le double de crêpes au petit-déjeuner. Il en a congelé une montagne avant les travaux…

Moi, Galoche, je connais mon Émilie sur le bout de mes griffes… Je redouble de vigilance.

– Bon ! Mon beau, maintenant, on a besoin de toi !

Et… BANG !… J'ai les babines qui me tombent presque par terre.

« Qu'est-ce que c'est que cet attelage ? »

Une grosse voiturette, remplie à craquer de bouteilles, de guenilles, de chaudières, d'éponges, de chamois, d'immenses cartons et d'autres objets bizarres, semble attendre son *quatre pattes*... en l'occurrence, moi, Galoche!

– On ne pouvait pas tout apporter! dit tout de go Émilie, qui a sûrement décelé la détresse dans mon regard.

– Je vais t'aider en poussant! ajoute Pierre-Luc, lui aussi un peu mal à l'aise.

Ce n'est pas vrai! En plus de faire la pancarte, je vais devoir jouer le cheval de trait!

– C'est pas loin, Galoche! Et puis, il est très tôt. Rosalie m'a dit que les bénévoles n'y seraient pas avant 9h30. Personne ne te verra.

Je reste droit comme une statue. Émilie se penche et me pousse douce- ment vers la voiturette. J'appuie fort sur mes pattes d'en avant et je résiste. Ma Douce cesse de forcer et vient se placer devant moi.

– Allez, Galoche! Fais-moi plaisir, mon beau!

Les petites étincelles suppliantes qui brillent au fond des prunelles de mon Émilie font fondre chez moi toute réticence.

– Fais ça pour moi...

Tel un zombie au service de son maître, je vais prendre place devant la voiturette. Cheval, esclave, pancarte et alouette! Je ne peux rien refuser à ma Douce, foi de Galoche!

La fidélité exceptionnelle de la race canine fait faire aux chiens des choses encore bien plus étonnantes que ce que l'amour fait faire aux jeunes humains, non?...

*****

Nous venons à peine d'arriver sur le terrain du garage qu'un comité d'accueil se précipite vers nous, entraîné par Rosalie.

Les «Salut, Émilie!» et «Salut, Pierre-Luc!» fusent de toutes parts.

– Salut, *Slinky*! Oh, pardon!... Galoche! se reprend aussitôt la présidente, avec un petit sourire en coin.

– Vous étiez pas supposés arriver seulement à 9 h 30? demande Émilie.

– Oui, mais quelle chance on a! Tard hier soir, monsieur Villeneuve, le propriétaire, m'a appris qu'il nous prêtait finalement son vieux garage au complet, avec la grande salle d'attente, à l'heure qu'on voulait. Il souhaite vraiment que notre campagne marche très fort pour aider la Maison des jeunes. C'est génial, non?

– À ce que je vois, tu as appelé plein de monde pour le changement d'heure, mais pas moi…, remarque Émilie, en arborant une belle moue.

– J'ai téléphoné chez vous à deux reprises ! réplique la jeune blonde. Personne n'a répondu.

Aussitôt, Émilie et moi, nous comprenons : les bruits des rénovations ont enterré ceux du téléphone.

– Et je n'avais pas le numéro de Pierre-Luc. Alors, je me suis dit que ce n'était pas si grave et que, connaissant ton enthousiasme, tu arriverais avant l'heure prévue. J'avais raison, non ?

« Très forte, la Rosalie ! »

Dans la honte la plus totale, je gesticule pour me défaire de cet attelage de malheur. Heureusement, Pierre-Luc s'empresse de venir me libérer.

– Tu veux qu'on l'amène aux écuries ? lui lance Rosalie, amusée.

– Rosalie ! se fâche aussitôt Émilie. Une autre moquerie comme ça et je retourne chez moi sur-le-champ !

– OK, OK! C'était juste une blague, voyons!... répond la grande chef, vêtue d'une coquette salopette blanche.

Elle se tourne vers les autres jeunes et lance, en pointant notre voiturette :

– On range tout ça à l'intérieur, et que ça saute!

Je ne suis pas très rassuré par ce début de lavothon surprenant... «W-ouf! La journée risque d'être longue...»

*****

Dans le garage, sous les regards de deux enseignants de l'école d'Émilie, trois équipes sont fin prêtes à recevoir les voitures pour un grand lavage. Pierre-Luc et moi, avec nos pancartes autour du cou, nous allons nous placer à une intersection, bien visibles des automobilistes. Émilie nous a fait deux pancartes percutantes.

«Si je n'attire pas l'attention avec ça... je vais devoir danser le *chat-chat-chat*, foi de Galoche!»

À peine Pierre-Luc a-t-il fait deux ou trois bye-bye de la main que… BADING! BADANG!… BADING! BADANG!… des bruits de cloche retentissent derrière nous.

Pendant un moment, je panique: je n'entends plus aucun son, pas même le bruit des automobiles qui passent sur le boulevard. Puis, soulagé, je retrouve peu à peu l'usage de mes tympans et m'étonne d'entendre au-dessus de ma tête:

– HA, HA, HA!

Je me retourne d'un coup.

«AAAAH!» que je crie en mon for intérieur, devant l'apparition subite d'un énorme père Noël en tee-shirt rouge.

Le monstre à la barbe blanche se remet à jouer de sa cloche à vache tout près de mes oreilles, écrabouillées de nouveau par tant de décibels.

– Vous allez voir, on va attirer des *paquets de chars*! J'ai plus d'un truc dans ma poche!... HA, HA, HA!... HA, HA, HA!...

– Salut, Pierre-Luc! lance Rosalie, qui surgit à côté du père Noël. Qu'est-ce que tu dirais de faire partie de mon équipe au lieu de faire le pied de grue toute la journée?

«Et moi, alors?» que je m'apeure, me voyant passer la journée entière entre cette grosse bedaine qui risque de m'assommer à chaque rire et cette détestable cloche à vache.

– Qu'est-ce qui se passe, ici? demande Émilie, qui arrive en trombe. C'est quoi, ce père Noël?

– C'est monsieur Villeneuve, le propriétaire! s'enthousiasme la grande chef. Hier soir, j'ai eu l'idée géniale de lui demander de faire le père Noël. Il a accepté. Avec ça, c'est certain qu'on va connaître du succès ! On ne peut pas le rater…

– HA, HA, HA !… HA, HA, HA !…

– Et Pierre-Luc n'aura plus besoin de faire l'homme-sandwich : je vais le prendre dans mon équipe ! lance Rosalie en faisant un petit clin d'œil complice à notre jeune voisin.

Oh, oh ! Ce petit clin d'œil ne semble pas plaire à Émilie, dont le visage se rembrunit.

– Et mes pancartes, elles ? intervient-elle.

– Euh…, fait la jolie présidente, tes pancartes ? Ah oui ! Elles sont géniales, Émilie ! D'ailleurs, tu dois avoir passé un temps fou à les faire. Moi, je te le dis, ma belle : un jour, tu vas travailler dans une des plus grandes boîtes de communication au monde, c'est certain !

Et moi, Galoche, je gagerais ma fourrure qu'un jour, Rosalie va devenir présidente de cette plus grande boîte de communication au monde où va travailler Émilie! La présidente est très bonne pour obtenir ce qu'elle veut et n'hésite pas à user de flatteries pour y parvenir...

– Ne t'inquiète pas, Émilie, poursuit la grande chef, le père Noël et Galoche vont évidemment continuer d'utiliser tes superbes pancartes.

Je sais que pas un seul humain n'est insensible aux compliments... J'ai les oreilles nouées de peur qu'on me laisse toute la journée avec cette... grosse cloche.

– Rosalie, mes affiches, tu peux les garder! réplique ma Douce. Par contre, mon Galoche ne jouera pas la fée des étoiles à côté de ton père Noël. Il va devenir fou avec cette cloche. Je le garde avec moi, dans mon équipe.

«W-ouf!» Léger comme une plume, je suis aussitôt mon Émilie vers le garage alors que la cloche de Noël retentit de plus belle derrière nous.

– Galoche, mon beau, me confie ma Douce, discrètement, quelques instants plus tard, je crois que je vais avoir besoin de toi pour une mission trrrrès délicate.

Oups! Le ton mystérieux d'Émilie ne laisse rien présager de bon, foi de Galoche!

*****

L'équipe d'Émilie achève déjà de laver sa quatrième automobile. Les deux autres équipes en ont aussi fait reluire autant. Un vrai succès, ce lavothon!

– Attention, Galoche!

Oups!... Juste devant moi, Émilie tord et retord son immense chamois, laissant tomber des jets d'eau sale que j'évite d'un petit bond arrière. «Pas question d'être arrosé et de me faire tordre!» que je m'amuse. Mais pas question non plus de faillir à ma tâche et de perdre de vue Pierre-Luc et Rosalie.

Je soupçonne ma Douce d'être un poil jalouse. Voici ce qu'elle m'a demandé plus tôt, juste avant de commencer à laver les voitures :

– Mon beau, tu surveilles Pierre-Luc et… Rosalie. Discrètement. Et tu me signales toute situation bizarre.

Je suis abasourdi : oui, oui, on dirait qu'il a suffi d'un simple petit clin d'œil de la part de Rosalie, tantôt, pour que l'humeur d'Émilie change du tout au tout. Mais je mettrais ma patte au feu que la grande chef n'a aucune intention de lui voler son *chum*…

Pourtant, en booon chien que je suis, j'obéis : j'épie Pierre-Luc et Rosalie sans relâche. J'en ai même un début de torticolis. Encore une fois, je dois souffrir pour de petites guerres ridicules entre humains, comme celles qui éclatent quand on est jaloux…

«Ah, ces hum...»

Soudain, en jetant un coup d'œil autour de moi, je suis frappé de plein fouet par le remords. «Quel sans-cœur je suis!»

Moi qui me suis souvent moqué des humains, je dois reconnaître que, depuis un long moment, je reste sans *jappe* et rempli d'admiration devant l'enthousiasme, le courage et la bonne humeur de tous ces jeunes bénévoles qui s'acharnent au travail autour de moi. Je suis sous le choc. Ébranlé. Touché. Quelle belle générosité de leur part! Jamais des *deux pattes* ne m'ont autant épaté. D'où cette brusque montée de reproches qui me tombe dessus aussi puissamment qu'une semonce de Marilou dans ses pires colères. «Peut-être ai-je été trop dur envers la race humaine dans mes commentaires...» Dorénavant, je serai beaucoup plus tolérant à l'égard des humains et de leurs comportements...

– Pitou! Pitou!...

– Juju, ici!

Avant même que je ne puisse bouger d'un poil, je reçois sur la tête une chute d'eau savonneuse et crasseuse. Les yeux me brûlent. Je réussis tout de même à voir un jeune garçon, à mes côtés, l'air tout fier, qui tient une chaudière vide dans ses mains. Des parents, en attente de leur automobile, se précipitent vers leur petit pendant que moi...

– Atchoum! Atchoum!

«Ouache!» J'éternue et recrache une bonne tasse d'eau visqueuse qui s'est introduite jusqu'au fond de ma gorge.

– Hi, hi, hi!... Hi, hi, hi! s'amuse le jeune.

– HA, HA, HA! lance à son tour notre père Noël, qui vient d'entrer dans le garage.

«Galoche, tout doux, tout doux!» Je fais des efforts *surcanins* pour conserver plus de 30 secondes mes bonnes intentions à l'égard de la race humaine. Je tente de me calmer. «C'est pas gentil de me renverser une chaudière d'eau sur la tête, mais c'est juste un enfant...»

– Juju laver chien-chien! hurle le petit garçon. Juju laver chien-chien.

– HA, HA, HA!

À leur tour, les parents du petit bonhomme pouffent de rire, imitant le père Noël Villeneuve dont la bedaine continue de rebondir à mes côtés. Du coup, ils anéantissent tous mes efforts de rapprochement avec la race humaine. IVG! Improvise vite, Galoche! Aussitôt, une idée brillante illumine mon esprit...

En vitesse, je me rapproche de tout ce beau monde et, avant même qu'ils ne comprennent le danger imminent, je secoue ma fourrure à tout rompre.

– AAAH! hurlent ces derniers, arrosés d'eau savonneuse par un étrange plumeau sur quatre pattes qui ne peut s'empêcher de hurler sa joie.

– Aouuuuuuh!

Je me noue les oreilles pour ne pas entendre les gros mots qui jaillissent de la bouche des parents. Je vois les deux enseignants responsables du lavothon se précipiter vers eux, sûrement pour tenter de les réconforter.

De son côté, en vrai bon père Noël, monsieur Villeneuve reprend vite sa bonne humeur et retourne faire le clown sur le coin de la rue.

– HA, HA, HA! HA, HA, HA!

*****

Émilie et moi sommes retranchés dans un coin sombre du garage. Ma Douce m'y a apporté dans ses bras. Après avoir poussé quelques cris d'horreur et avoir parlé aux enseignants, la petite famille a repris son automobile et son chemin. Mais aucun des trois n'a laissé échapper un autre rire, foi de Galoche!

– Galoche, on fait pas ça! me semonce ma Douce, tout en m'arrosant doucement avec un boyau pour me nettoyer. Ce sont des clients. Ici, aujourd'hui, c'est comme une entreprise. Et le client a toujours raison.

Je cligne des yeux...

– Mon beau, je vais te dire quelque chose...

Le ton solennel d'Émilie me fait frissonner. Elle poursuit:

– ... à ta place, j'aurais fait pareil!

Je relève les yeux. Nos regards se croisent et se sourient.

Ah! je retrouve bien là ma coquine maîtresse. Quel plaisir! Je flotte de bonheur. Pour quelques secondes seulement, car Rosalie s'approche de nous.

– Tabarouette, ton chien sait pas vivre!

– Tu penses pas que c'est plutôt la famille? Le petit gars a tout arrosé Galoche!

– En tout cas, laisse-moi te dire qu'on a pas eu un gros montant d'argent pour cette voiture-là...

– Rosalie, écoute...

Une grande serviette blanche me tombe alors dessus. Émilie me sèche la tête, en y allant de gestes vifs. Je n'entends plus rien. Mais je soupçonne que la discussion va bon train juste au-dessus de mes oreilles. Après avoir promené la serviette partout sur moi et m'avoir frotté aussi vivement que si j'avais la peau coriace d'un rhinocéros, Émilie crie:

– Abracadabra !

D'un geste ample et brusque, elle retire la grande serviette, tout sourire, comme si elle venait de faire apparaître le plus beau chien au monde : moi, Galoche !

Pour sa part, Rosalie est disparue, comme par enchantement.

Et le lavage des automobiles a repris de plus belle, comme s'il ne s'était rien passé.

Je m'apprête à reprendre ma surveillance. Mais horreur!... Pierre-Luc aussi vient de disparaître comme par enchantement. «Serait-il en compagnie de Rosalie?»

Avant d'inquiéter ma Douce, je décide d'aller vérifier. Je m'éclipse sur le bout des coussinets, telle mon idole télévisée, la panthère rose, et je vais longer le mur, tout au fond du vieux garage. Je tente de ne pas trop me faire mouiller de nouveau par ces jets d'eau qui pleuvent dans tous les coins. Soudain, je me retrouve *museau à face* avec notre jeune voisin, accroupi, en train de remplir sa bouteille de savon liquide.

«Ah! fausse alerte!» que je me réjouis, en suivant du regard mon bon ami Pierre-Luc, qui va vite reprendre son boulot de laveur de vitres.

PUSH! PUSH!

– AÏÏÏÏE!... hurle une jeune fille aux petites lunettes rondes voilées d'une mousse blanche, dans la voiture, le visage aspergé par Pierre-Luc.

– Mais... mais... mais... qui... qui... qui a baissé la... la... la vitre ? s'étonne notre jeune voisin, devenu aussi rigide que la bouteille de nettoyant qu'il tient dans sa main.

Incroyable, mais jamais impossible avec notre lunatique Pierre-Luc : ce dernier a cru que la glace de la portière arrière du véhicule était toujours fermée !

– T'es malade ou quoi ? lance brusquement une voix grave derrière moi, qui me fait sursauter.

Moi, Galoche, je suis dans mes petits coussinets quand je vois un mastodonte humain foncer droit vers nous. Je plonge vers la gauche. « W-ouf ! » J'évite de justesse d'être écrabouillé. Mais je plains Pierre-Luc, maintenant seul devant le géant.

– Espèce de *coque l'œil*! T'as pas remarqué que ma fille avait baissé sa vitre?

Je crains le pire en voyant l'homme mettre la main au collet de mon ami et, surtout, en apercevant mon Émilie qui arrive en trombe avec un seau, fin prête à défendre son amoureux… Au moment même où je crois la catastrophe inévitable, une musique explose dans le garage et une parade se met en branle.

– Venez, venez tous! insiste la présidente entre deux notes d'accordéon. Vous êtes invités à notre petit lunch! Venez, venez!… On va bien s'amuser!

Ouf! Le père de la jeune fille relâche son emprise et Émilie a retenu à temps son seau d'eau. Pour sa part, le pauvre Pierre-Luc, toujours frigorifié sur place, semble reprendre du poil de *l'humain*. Son visage passe d'un blanc béluga à un crème momie…

Rosalie y va d'un autre air enlevant et de beaux sourires qui semblent séduire le géant et sa fille, déjà en route vers le petit buffet, accompagnés par les deux enseignants.

«Vraiment, elle est géniale, notre grande chef!...» que je songe, prêt à aller manger.

– Mon beau Pierre-Luc, dit gentiment la présidente tout en continuant à jouer, cet après-midi, fais-moi plaisir: assure-toi que les vitres sont bien levées avant de les laver!

Puis, Rosalie va rejoindre son monde pour le lunch et se concentre sur son accordéon.

Deux mots émergent de la bouche de Pierre-Luc, encore sous le choc:

– Merci, Rosalie!... Merci, Rosalie!... Merci, Rosalie!

J'ai l'estomac de travers: on dirait que Pierre-Luc est sur une autre planète et ne peut plus s'arrêter de répéter les mêmes mots. «Quel choc il a eu!»

Heureusement, mon Émilie est là pour veiller à la santé mentale de notre jeune voisin. Ma Douce, qui semble en avoir assez d'entendre ces mots surgir de la bouche de son ami, lui renverse sa chaudière d'eau savonneuse sur la tête…

– Voyons, Émilie!!! s'offusque Pierre-Luc, enfin sorti de sa torpeur, l'air d'un épouvantail après le passage d'un orage.

J'apporte vite un grand linge sec à mon bon ami Pierre-Luc, qui a bien besoin de réconfort, foi de Galoche!

*****

Quel avant-midi! Ballons, accordéon, bouffons… et même des remerciements de madame Hudon, la présidente de la Maison des jeunes du quartier. Et quel lunch! Moi, Galoche, j'ai eu droit à des dizaines de petits bouts de sandwichs aux œufs, au jambon et même au creton, misère à poil!

« Heureusement que Marilou n'est pas ici, que je songe, alors que je mords à belles dents dans un gros fromage rond. Jamais elle ne me laisserait manger autant de nourriture pour humains! »

Tout à coup, je perds mon fromage et l'ouïe d'un coup: la cloche du père Villeneuve résonne juste à côté de moi, annonçant la reprise des opérations du lavothon. Et j'entends la voix lointaine du père Noël lancer:

– Au boulot, mes gros lutins! Faut augmenter notre butin! Ha, ha, ha! Ha, ha, ha!

« Quel enthousiasme! » Ravi, je suis des yeux les trois équipes qui retournent dans le garage, comme si elles allaient jouer une partie de soccer. De leur côté, les enseignants responsables et quelques parents bénévoles, qui sont venus porter le lunch, s'affairent à tout ranger dans la salle d'attente, devenue une salle à dîner improvisée. Enfin, à l'extérieur, les cloches du père Noël et les klaxons se remettent à sonner. «Quel beau spectacle!»

Je ne sais si je «m'humanise» mais, si je n'étais pas un chien, je verserais une larme ou deux, ému par toute cette belle harmonie humaine, tellement inhabituelle pour moi...

– Galoche! me crie brusquement mon Émilie. Réveille-toi!

Je bondis dans les airs.

– Je t'ai demandé de jouer l'espion, pas de faire le pion! Regarde à ta gauche...

«Oh, oh!» Je sors aussitôt de mes belles pensées et comprends vite l'énervement de ma Douce: Pierre-Luc et Rosalie sont en tête à tête au fond de la salle d'attente.

– Regarde, regarde, Galoche… elle lui a écrit un petit mot sur un billet.

Je lève les yeux et vois un chagrin incroyable ternir les beaux yeux verts de mon Émilie. Je suis certain qu'elle angoisse pour rien : jamais Pierre-Luc ne ferait de la peine à ma Douce. Il l'aime à la folie, depuis des années.

– Vite, Galoche ! Tu me rapportes ce billet ! lance Émilie, d'une voix tellement autoritaire que j'en ai les poils qui frissonnent de peur.

« Mission impossible ! » que je me dis, en observant Pierre-Luc, qui prend le billet et le dépose dans la poche du vieux survêtement qui protège son chandail. Je ne peux toujours bien pas lui sauter dessus, le jeter par terre et m'enfouir le museau dans sa poche. Je suis Super Galoche, mais pas fou au point de penser pouvoir réussir un tel exploit ! Et puis, ce serait aller contre le respect de la vie privée d'un bon ami…

– C'est un ordre ! renchérit Émilie, comme si elle devinait mon hésitation.

Jamais je n'aurais pensé que ma Douce pouvait me parler aussi durement.

Jamais je n'aurais pensé que la jalousie pouvait changer autant un humain, surtout mon Émilie.

Et jamais je n'aurais pensé pouvoir faire ce que j'ai fait, foi de Galoche, par amour et compassion pour ma Douce...

*****

Depuis un bon moment, je me tiens debout, à quelques pattes à peine derrière mon ami Pierre-Luc. Notre jeune voisin s'applique plus que jamais à bien laver les glaces d'une autre automobile. Je souris dans ma barbichette : Pierre-Luc donne une pichenette sur chaque vitre, s'assurant que celle-ci est bien fermée, alors que c'est l'évidence même.

Pourtant, ce petit manège rigolo de sa part ne réussit pas à éliminer l'angoisse qui me tenaille. Ou plutôt, la tourmente qui m'assaille !

Je tiens solidement dans ma gueule une poire en caoutchouc, remplie d'une vieille huile, que j'ai trouvée sur une tablette de remisage : mon arme pour réaliser mon audacieux plan. Un stratagème si périlleux que j'en ai les jambes, les oreilles et les babines tremblotantes... En fait, je me sens aussi coincé qu'un ver de terre au bout d'un hameçon.

« Galoche, décide-toi avant que ton plan ne se termine en queue de poisson ! »

N'écoutant que mon courage et ma grande amitié pour Émilie, je bondis sur le dessus d'une boîte métallique utilisée par les plus petits pour laver les toits des véhicules et je prends mon envol derrière Pierre-Luc. Au même moment, je mords férocement dans la poire. Une belle giclée d'huile jaillit aussitôt.

– Ouache! Qu'est-ce que c'est que ça ? hurle Pierre-Luc, alors que je retombe au sol, sur mes quatre pattes.

Je lève les yeux... «Mission accomplie!» Le survêtement de notre jeune voisin est sali par une traînée d'huile sur l'épaule, qui coule et forme de petits ruisseaux noirs dans son dos.

– Galoche! Qu'est-ce qui t'a pris? lance Pierre-Luc, dont le regard me questionne plus encore qu'il ne me fustige, tellement étonné de me voir, moi, le booooon chien, faire un coup pareil. Es-tu tombé sur la tête?

«C'est pour ton Émilie!» que je me tue à lui dire du regard, avant de prendre la *patte* d'escampette et de me cacher pas très loin, derrière un établi, d'où je peux continuer à le surveiller.

Tel que je l'avais prévu, Pierre-Luc retire son survêtement souillé et le dépose, en boule, sur un vieux banc, pour rapidement reprendre son boulot.

«Quel chien rusé je suis!» que je me complimente, en rampant et en me faufilant entre les pneus des automobiles jusqu'au mur du fond, aussi habile et discret qu'un boa constricteur... poilu. Arrivé près du banc où traîne le survêtement de notre jeune voisin, je jette un coup d'œil autour de moi: w-ouf! Personne ne m'a vu ni ne s'occupe de moi. Fin finaud, je plonge vite mon museau dans le tissu; je repère la poche, j'ouvre la gueule et, du bout des crocs, je m'empare du fameux bout de papier, plié en deux... Tout cela en maintenant une surveillance externe, toujours aux aguets.

Tout fier, sentant une étrange odeur envahir ma truffe, je cours rejoindre mon Émilie. Ma Douce m'accueille en héros.

– Tu as été génial, mon beau!

Je comprends tout de go qu'elle a observé son formidable espion à l'œuvre. J'en ai le toupet qui se dresse d'orgueil, misère à poil! Il y a de quoi, après tout! Aucun chien, même les héros des séries télévisées qu'aime bien regarder Émilie, n'aurait pu montrer autant de débrouillardise et de courage.

– Vite, Galoche, donne-moi ce billet!

Émilie se penche pour prendre le papier, toujours plié.

– Mais qu'est-ce que t'as sur le museau et les babines, Galoche? On dirait que tu as mangé une tonne de réglisse noire fondue...

Instinctivement, je passe ma langue sur mes babines et... OUACHE!... me voilà la bouche tout huileuse. Je me mets à cracher.

– Ah non! fait ma Douce, désespérée.

J'observe Émilie, qui a ouvert le billet qui dégouline. Elle me montre l'intérieur: il est encore plus noir que sa colère... Elle ne peut lire le message, qui a complètement disparu sous l'huile.

Après mon air de héros, je prends celui du nono dont les yeux innocents n'envoient plus qu'un seul et simpliste message : «Pas ma faute!»

*****

– Mes amis, merci, merci, merci! Vous êtes à mes yeux de vrais héros!

La présidente Rosalie est aux oiseaux. Elle paraît tellement heureuse que j'ai l'impression que des ailes vont lui pousser et qu'elle va s'envoler.

– Nous avons ramassé 432$ avec notre lavothon!

Les cris de joie, les applaudissements, les ballons crevés et les misérables coups de cloche du père Noël créent aussitôt un tintamarre incroyable dans le garage. Je songe : «Finalement, pour le bruit, c'est encore pire ici que dans la maison des Meloche...»

Mais les jeunes ont bien raison de fêter bruyamment : l'après-midi s'est déroulé aussi rondement que l'avant-midi. Tous les bénévoles ont travaillé d'*arrache-patte*, même Émilie, malgré ses problèmes sentimentaux...

– Je tiens à remercier Émilie Meloche, mon bras droit pour la journée : quel énorme boulot elle a accompli !

C'est l'euphorie dans le garage... et dans mon cœur.

– Même son *Slinky* poilu nous a été très utile !

C'est le fou rire dans le garage... et la rage dans mon cœur.

Une fois les petits discours des enseignants et de la présidente terminés, chacun se félicite, se lance des blagues ; tout près de moi, Rosalie elle-même se jette dans les bras d'Émilie et vient lui dire à quel point elle est contente de l'avoir choisie.

Moi, Galoche, je sens la sincérité dans les paroles de Rosalie ; mais mon flair me dit que ma Douce continue de garder un brin de méfiance à son égard. Voilà la présidente qui se précipite maintenant dans les bras de Pierre-Luc, ce qui n'est pas pour améliorer la situation!

– Merci mille fois, Pierre-Luc! Vraiment, j'ai été épatée par ton travail... et surtout par ta façon remarquable de laver les lunettes de la jeune fille à la queue-de-cheval.

Un petit clin d'œil de Rosalie et voilà les deux amis qui éclatent de rire.

– Galoche, dépêche! On rentre!... m'ordonne Émilie, qui n'entend pas à rire.

En moins de temps qu'il n'en faut à un chien pour faire sourire un humain, moi, le *quatre pattes*, j'ai repris mon rôle d'esclave et je ramène la voiturette, tout aussi remplie que ce matin.

– Attendez-moi! lance Pierre-Luc, qui nous rejoint, tout essoufflé. Vous êtes partis trop vite. J'aurais pu vous aider, Émilie...

– Difficile d'aider quand on est dans les bras de quelqu'un, hein?

Ce sont les derniers mots de ma Douce à l'endroit du pauvre Pierre-Luc, de tout le trajet du retour. Ce dernier a beau être gentil, faire des blagues, la féliciter pour son travail, Émilie reste muette, comme tous les humains qui s'amusent à faire la *baboune* au lieu de dire ce qui ne va pas.

– Galoche, veux-tu bien me dire ce qui se passe avec Émilie? me demande notre jeune voisin, en me lançant un regard brisé, sur le chemin du retour.

Le pauvre ne parvient pas à comprendre l'attitude étrange de son amie. Mais comment expliquer à un jeune humain que son amoureuse est jalouse?... Et, pire encore, comment lui expliquer tout ça QUAND ON EST UN CHIEN?

Ah, misère à poil! Qu'ils sont doués, ces humains, pour se mettre dans le pétrin, foi de canin!

PLEIN LE DOS DES PETITES CACHOTTERIES !

Autour de la table à manger, installée dans le garage, la famille Meloche achève le repas du soir. Il s'agit d'une autre bouillie pour humains, achetée à l'épicerie et prête à servir, que Marilou a flanquée au micro-ondes. Ça n'a vraiment pas l'air ragoûtant.

BANG!... BOUM!... POW!

Eh oui, le petit orchestre privé des Meloche continue son concert. Une ambiance de rêve...

Moi, Galoche, assis près de la chaise de mon Émilie, j'ai l'impression de me retrouver sur la Lune: à l'exception de ma Douce, les Meloche ont revêtu leur beau costume lunaire, imposé par Marilou. Ainsi, ils sont protégés de la poussière néfaste des rénovations, des pieds aux oreilles. C'est tout juste s'ils ont eu la permission d'enlever leur masque pour manger...

Autour de nous, des boîtes, un micro-ondes, un petit poêle électrique, le réfrigérateur, bref une installation de fortune.

BATACLANG!... ZZZHHHHIIIIIIIII!

Chaque soir, il me prend une forte envie de rire en les voyant ainsi réunis, tassés comme des saucisses dans un poêlon. En ce moment même, d'ailleurs, je serre les babines et j'ai peine à réprimer un énorme hoquet, qui trahit mon hilarité refoulée. «Des plans pour que Marilou me jette en pâture à ses hommes de rénovation...» que je m'amuse.

– Émilie, mange! ordonne Marilou, me libérant subitement de mon problème de fou rire.

– J'ai plus faim!

– Ce n'est pas une raison pour arborer cet air plate! intervient la grande Éloïse. Tu n'as pas dit un mot depuis le début du repas. Ton lavothon n'a pas bien marché ou quoi?

– Ça a été un grand succès! lance aussitôt Fabien. J'ai rencontré Pierre-Luc, tantôt. Il dit que vous avez ramassé plus de 400 $ pour la Maison des jeunes. Et que tu dirigeais une équipe. C'est génial!

– Génial! s'exclame Monsieur-je-sais-tout. Si elle est capable de laver des autos, elle devrait être capable de laver la vaisselle, ce soir?

– Génial, réplique Marilou, en s'adressant à son mari, mais ça ne lui donne quand même pas le droit de ne pas manger. Déjà que tu lui as permis de ne pas mettre son costume de protection... Fabien, t'es trop mou!

– J'ai plus faim, bon!

– Émilie, intervient Fabien d'une voix calme, pour le dessert, je vais décongeler une de mes tartes au sucre, que tu adores... tout comme ton beau Pierre-Luc, d'ailleurs.

– J'AI PLUS FAIM, BON! lance ma Douce, la colère illuminant son regard comme une braise de foyer retrouvant toutes ses ardeurs. PIS PIERRE-LUC, KAPOUT!

– Émilie, tu ne quittes pas la table sans...

W-ouf! Trop tard! Avant que Marilou n'ait terminé sa phrase, mon Émilie est disparue. Aussitôt, Fabien prend la situation en main et va rejoindre ma Douce.

Pendant ce temps-là, je m'enfuis du garage par la porte battante aménagée pour moi. Je vais prendre un peu l'air. Malgré la situation, je me sens rassuré pour ma Douce. Je suis convaincu que le grand-gros-barbu de père d'Émilie va trouver les bons mots pour la réconforter. Fabien connaît aussi bien Pierre-Luc que moi; il va la convaincre que sa crainte que notre jeune voisin devienne amoureux d'une autre personne n'est absolument pas fondée.

Ayant bien besoin de me détendre après cette journée remplie d'émotions fortes, je trotte lentement jusque dans la rue. Tout à coup, la queue et le museau au garde-à-vous, je me transforme en chien de plâtre : je viens d'apercevoir Rosalie. Catastrophe! Celle-ci se dirige au pas de course vers la maison de Pierre-Luc. Elle court, un peu voûtée, en jetant de petits coups d'œil inquiets vers la demeure des Meloche.

«Aouuuh!» que je hurle de douleur, en mon for intérieur.

Le chien de plâtre se brise en mille miettes. La porte s'ouvre avant même que la présidente de la classe d'Émilie – LA MISÉRABLE! – ne porte le doigt à la sonnette. «Il l'attendait!»

Pierre-Luc la fait entrer rapidement et, à son tour, il inspecte du regard la maison des Meloche avant de refermer – LE MISÉRABLE!

Je ne me suis jamais senti aussi... MISÉRABLE... de toute ma vie! Dans ma caboche, je ne parviens pas à comprendre que Pierre-Luc puisse être aussi méchant avec ma douce Émilie. Mais, de toute évidence, ces deux traîtres sont de connivence pour éviter que ma Douce les voie ensemble.

– WAAAAF!

C'est dans pareille situation que j'aimerais être né avec le caractère d'une panthère noire et non rose... «Qu'à cela ne tienne, je ne laisserai personne faire une peine immense à ma Douce sans que je tente l'impossible pour lui éviter pareil affront, foi de Galoche!»

*****

Prenant mon courage à quatre pattes et retrouvant mon air d'espion, je joue du museau et tente de faire glisser le petit grillage de la fenêtre du sous-sol, à l'arrière de la maison de Pierre-Luc.

«Ça y est!» que je m'encourage. Le grillage a bougé et je me retrouve le museau devant des piles de valises, de boîtes, de ballons et d'autres traîneries qu'empilent toujours les humains dans les racoins de leur sous-sol. Je dois plonger à l'aveuglette sur le plancher, quelques mètres plus bas.

«Si quelqu'un se trouve au sous-sol, avec le bruit, je suis fait à l'os!...»

Mais rien ne me fera reculer: je dois en savoir plus long sur ces liens entre

Rosalie et notre jeune voisin. Je ne veux pas me lancer dans une croisade qui risque d'être difficile sans bien connaître dans quoi je m'embarque.

«Prends une bonne respiration, Galoche!»

Le cœur battant comme un tam-tam, je me jette la tête la première dans ce fouillis. BADING! BADANG!... Je tente de rester mou comme une guenille, malgré mon stress. Je dégringole d'un palier à l'autre, les quatre pattes en l'air. BADABOUM!... Je commence à avoir hâte de m'arrêter: mes côtes sont durement touchées et je ne trouve plus très drôle mon idée de jouer l'espion. Au moment où ma tête émerge de cet amoncelle-ment monstre et que j'aperçois

BADING!

BADANG!

enfin des planches de bois franc, il est trop tard pour me protéger... BOUM!... j'atterris sur le coco.

Mais je fais flèche de tout *poil* et, encore un peu assommé, je zigzague entre les objets qui m'entourent. Je repère une petite table idéale pour me cacher. Vite, je rampe vers elle et réussis à me glisser sous une longue nappe qui la recouvre. «Pas un bruit! Pas un chat!» que je me rassure, tandis que je prends quelques instants pour retrouver mes esprits. Soudain, je retiens mon souffle, car des voix connues parviennent à mes oreilles. «Pierre-Luc et Rosalie! Ils sont en haut! Je dois aller les épier!»

Je monte l'escalier. Je suis le son des voix et me dirige jusqu'au salon, où j'aperçois les deux amis en grande discussion. Je me colle au mur du corridor, m'affale lentement sur le tapis, m'aplatis dessus, aussi mince qu'une boulette de viande sous la spatule de Fabien sur le barbecue. Je tente de diminuer le rythme de mes halètements pour mieux entendre leurs propos, qui me font dresser les oreilles.

– Pierre-Luc, je vais amener mon accordéon!

– Génial, Rosalie! Avec les 14 amis que j'ai invités, ça va sûrement être le plus bel anniversaire qu'aura jamais vécu mon Émilie!

« Ah! comment ai-je pu douter de Pierre-Luc? » J'ai des remords. Quelle incroyable histoire! J'ai aussi un pincement au cœur quand j'entends notre jeune voisin utiliser deux mots que j'affectionne beaucoup pour parler de ma Douce: *mon Émilie*.

En booon espion que je suis, je m'ordonne: « Galoche, c'est pas le moment de te laisser aller à tes sentiments: ÉCOUTE, ÉCOUTE, ÉCOUTE! »

– Ce sera sûrement la plus belle fête pour notre Émilie, tu as raison!

«Ah non, ah non!» que je m'énerve.

– A... A... A...

Je me frotte la truffe sur le tapis pour vite éjecter cette misérable fourmi qui vient d'y pénétrer.

– Et puis, Pierre-Luc, j'ai une autre idée, poursuit Rosalie. Tu sais, le petit Guy qui faisait partie de notre équipe, au lavothon, aujourd'hui? Eh bien, il fait des tours de magie pas mal extraordinaires. Je vais lui demander d'apporter son matériel.

– Wow! Ça va être tout un...

Trop tard...

– ATCHOUM!... ATCHOUM!

– GALOCHE? s'étonne Pierre-Luc, qui bondit aussitôt vers moi.

Au moment où je me dis que je suis dans de beaux draps, au bout du corridor, je vois la porte qui s'ouvre lentement.

– Bonjour, tout le monde! fait le père de Pierre-Luc.

Comme une flèche, je file vers l'entrée et sors à toute épouvante juste avant que Henri-Paul ne referme la porte.

« W-OUF ! Je l'ai échappé belle ! »

Pourtant, j'ai à peine quitté la maison de notre jeune voisin que je me retrouve de nouveau dans un pétrin encore plus grand.

– Galoche ?

Je freine sur le bout de mes coussinets. « Quoi ? Émilie ! »

– Que faisais-tu chez Pierre-Luc ?

« Moi ? Mais rien du tout, du tout, du tout... » que je tente d'envoyer comme message, d'un regard qui se veut le plus innocent possible.

– Galoche, tu n'as plus à t'en faire pour moi, me révèle Émilie, qui transporte un petit récipient de plastique. Je suis ridicule de croire que Pierre-Luc est amoureux de Rosalie...

«Oh, oh! Fabien a bien joué son rôle de père. Mais moi, quel rôle dois-je maintenant jouer? Je me sens vraiment coincé entre deux os!»

Dans ma caboche, les idées s'entrechoquent comme des balles de billard en folie: pas question qu'Émilie voie Rosalie chez Pierre-Luc, elle va faire une crise de jalousie aiguë. Pas question non plus qu'elle apprenne la petite fête que ses deux amis lui concoctent...

Comme pour simplifier ma vie d'espion, Émilie ajoute, rayonnante, en ouvrant son récipient:

– Regarde ce que j'ai apporté à Pierre-Luc... Un morceau de tarte au sucre de Fabien. Pierre-Luc devient fou, fou, fou seulement à la voir.

C'est moi, Galoche, qui suis en train de devenir fou, fou, fou!

– J'ai même mis un peu de crème fouettée, comme il aime.

Je me sens aussi mou que de la crème fouettée, misère à poil !

– Voyons, Galoche, ne prends pas cet air catastrophé. On dirait que je viens de t'annoncer que je vais te donner un bain...

Tandis qu'Émilie tente de replacer le couvercle, l'espion sur quatre pattes prend aussitôt la plus difficile décision de sa courte carrière...

– WRRRRRRAAAAFFFF !

Émilie sursaute de peur et en échappe son récipient, tel que je l'espérais. Je jubile. Puis, je vois la tarte et une volée de crème fouettée atterrir sur mon museau. Instinctivement, je donne un petit coup de tête et hop ! le morceau tombe dans ma gueule... Gloup !... La seconde suivante, il est avalé, sans que j'y puisse rien. Dans mon plan et ma caboche, la tarte devait se retrouver par terre, mais vraiment pas dans mon estomac... juré, jappé !

Aussi étonné qu'Émilie, je la fixe de mon air le plus désolé. Ce qui ne semble pas l'attendrir du tout.

– T'es malade ou quoi? Galoche, jamais je n'aurais pensé que tu étais assez gourmand pour t'approprier aussi gloutonnement un morceau de tarte que je destinais à Pierre-Luc!...

J'ai le pif tout collé. Ma Douce réagit exactement comme je l'avais espéré en déclamant, à la façon de Marilou:

– GALOCHE, DANS CUVETTE, TOUT DE SUITE!

Foi de Galoche, je suis prêt à prendre tous les bains au monde pour éviter que mon Émilie découvre Rosalie chez Pierre-Luc. Fier de mon exploit, je devance Émilie et me précipite vers notre maison, afin qu'elle ne change pas d'idée et exécute sur-le-champ sa sévère punition.

Subitement, le bruit d'une porte qui s'ouvre et une voix se font entendre chez notre voisin.

– Galoche, y a un problème?... Je t'ai entendu jap...

Émilie et moi, nous nous tournons tout de go vers l'entrée de la maison de Pierre-Luc: deux têtes en émergent. Deux paires d'yeux ahuris nous regardent. Mon cœur bat encore plus fort que lorsqu'on me plonge dans l'eau froide.

– Rosalie!? laisse échapper ma Douce, d'une voix chancelante, qui me crève le cœur. Qu'est-ce que vous faites ensemble?

– Euh...

– Euh... rien... euh...

Pierre-Luc et Rosalie parlent dans le vide: Émilie est déjà rendue chez elle. Elle a pourtant pris le temps de me faire de gros yeux, qui disaient: «Et toi, tu savais qu'elle était là, hein?...»

Dans quel *bain* me suis-je embarqué, misère à poil ?!

PLEIN LE DOS DE MARILOU !

Depuis que mon Émilie a vu Rosalie chez Pierre-Luc, elle entre à la maison en coup de vent après l'école, s'installe dans sa chambre, ne répond plus jamais à notre jeune voisin, qu'il soit à la porte ou au téléphone. Ce qu'elle fait ? Rien. Ou presque. Elle récite ce qu'elle écrit. Et sais-tu à qui elle écrit ? Oui, oui, aussi fou que cela puisse paraître, elle rédige des notes pour Pierre-Luc, alors que parfois, au même instant, ce dernier attend inutilement à la porte qu'on vienne l'accueillir... Il finit par s'en retourner bredouille.

– Cher Pierre-Luc, je n'aime pas du tout que Rosalie te rende visite, car je...

Un moment d'hésitation et vlan! Émilie, exaspérée, écrabouille sa feuille de papier et lance la boulette dans son panier, à côté de son pupitre.

– Mon cher Pierre-Luc, je sais que la jalousie, ce n'est pas bien, mais je… Rrrr!…

Et vlan! Une autre boulette qui vole au-dessus de mon museau.

C'est fou comme les humains sont incapables de se parler! Et pourtant, ce sont eux qui sont les plus choyés de tous les êtres vivants pour communiquer. Je l'admets, ils ont un langage exceptionnel si on le compare à celui des chiens, des chats et des autres animaux de la planète. Alors pourquoi Pierre-Luc et Émilie ne règlent-ils pas leur petit problème en se parlant, tout simplement?

Mais bon, dans ce cas-ci, je dois le reconnaître: un gros hic rend la situation un peu plus compliquée. Pierre-Luc tient toujours à garder le secret sur la fête qu'il prépare pour Émilie et celle-ci continuera d'être fâchée tant et aussi longtemps qu'elle ne saura pas ce que mijotait notre jeune voisin en compagnie de Rosalie.

De toute ma vie de chien, jamais je n'ai vécu d'aussi longs moments de tristesse : voir mon Émilie dans cet état me rend presque malade ! Même si je lui fais souvent les yeux doux, que j'appuie ma tête près de son oreiller quand elle se couche, que je devance ses désirs en allant lui chercher des objets dont elle a besoin, que je sautille, danse, tente de la faire rire un peu, c'est comme si elle ne me voyait plus. Impossible de lui arracher le moindre petit sourire...

« W-ouf !... je crois que j'ai besoin d'aller prendre l'air pour y voir plus clair... et pour éviter de recevoir une autre boulette dans l'œil. »

*****

Depuis un moment, je suis tout ouïe près de la haie qui sépare la maison des Meloche de celle de notre jeune voisin Pierre-Luc. Tu ne le croiras pas : je suis en compagnie de trois autres hippopotames... En fait, trois personnes qui ont une tête aussi grosse que la mienne à force de se creuser les méninges pour Émilie et Pierre-Luc. D'un côté, Henri-Paul, le père de Pierre-Luc et ministre du Transport, celui-là même qui a permis à Marilou de se trouver un emploi récemment, et de l'autre, les parents de ma Douce.

– Imaginez, marmonne Henri-Paul, Pierre-Luc a préparé une petite fête surprise pour l'anniversaire d'Émilie, demain soir.

– Pour l'anniver..., bredouille Marilou avant d'arrêter sa phrase, les joues soudainement rougissantes. Ah !... Ah oui ! Son anniver...

–Henri-Paul, vous avez bien fait de nous le dire, intervient aussitôt Fabien, car j'allais justement proposer à ma femme d'inviter Émilie au restaurant pour son anniversaire, étant donné nos rénovations.

De tomate, le teint de la mère d'Émilie passe à celui, plus naturel, de pêche, tandis que Fabien continue :

– Mais, cher ami, vu ce que vous nous apprenez, nous n'en ferons rien. Nous allons repousser notre petit souper, hein, Marilou ?

– Euh... oui, oui, bien entendu.

– C'est Émilie qui sera ravie, conclut le père d'Émilie.

– Mais un gros problème se pose..., lance le ministre du Transport.

« Ça oui, un problème énorme ! » que je me dis, plus que jamais aux aguets.

– Un problème ? fait Marilou.

– Oui. Au point que mon Pierre-Luc commençait à penser devoir annuler la fête. Ce que je lui ai fortement déconseillé. Devant son désarroi, je lui ai promis de m'occuper personnellement de ce problème. J'ai besoin de votre aide.

Le ministre révèle aux parents d'Émilie que les tourtereaux ne se parlent plus.

– Ah bon, laisse échapper Fabien, ce petit problème de jalousie dont j'ai discuté avec Émilie, juste après le lavothon, aurait-il refait surface ? Je le croyais réglé…

« C'est pire que pire, foi de Galoche ! »

– Quel problème ? demande aussitôt Marilou, comme si elle tombait des nues.

– Laisse, je t'en reparlerai, suggère Fabien.

– J'ignore la nature de la dispute, renchérit Henri-Paul, mais il faudrait tenter de trouver un moyen pour que votre Émilie se présente demain soir, à 19 h, chez nous : il y aura déjà plein d'amis. Pierre-Luc a organisé toute une fête ! Il y travaille depuis des jours, vous savez.

– Pas de problème, Henri-Paul ! affirme catégoriquement Marilou. Je vais y voir personnellement. Vous pouvez dormir sur vos deux oreilles, mon cher : notre fille sera chez vous à 19 h tapant, demain soir, fiez-vous sur moi !

Semblant rassuré, le père de Pierre-Luc disparaît après avoir remercié Marilou et Fabien.

– Je monte voir Émilie, lance Marilou, déjà en route vers la maison.

– Wooo, wooo! Faut pas la brusquer. Tu la connais, réplique Fabien en retenant sa tendre moitié.

– Fabien, j'ai un plan!

– Un plan?

– Oui, grâce à toi!

– À moi?

– Fais-moi confiance! Arrête de t'en faire: tu vas voir, je vais te régler ça en criant ciseau!

«En criant ciseau!... Quelle expression parfaite pour Marilou, je songe, en filant vers la chambre de mon Émilie. Je ne connais aucun humain plus... coupant et tranchant qu'elle!»

*****

BANG!... BOUM!... POW!

Assis bien droit à côté de mon Émilie, dans sa chambre, je suis vivement impressionné. Non pas par la symphonie des rénovations qui se poursuit en bas, mais bien par la scène dont je suis témoin.

D'abord, il y a eu l'arrivée des parents, alors qu'Émilie a joué la fanfaronne :

– On frappe avant d'entrer !... Laissez-moi tranquille, je veux pas vous parler !... Vos *rénos*, j'en ai plein le dos : j'ai les oreilles en compote !

Marilou est restée sereine. Une vraie sainte ! Oui, oui, tu as bien entendu : Marilou, une sainte ! Ou un ange, si tu préfères ! Elle n'a pas riposté. Au contraire, elle a même calmé Fabien, choqué par la réaction de sa cadette et qui a lancé :

– Mimi, un peu de respect pour tes parents...

– Voyons, minou, tout doux, a gentiment répliqué Marilou à son gros-grand-barbu de mari. Tu vois bien que notre Émilie file un mauvais coton...

BANG!... BOUM!... POW!

En ce moment même, les oreilles m'en tombent jusqu'à terre : la sous-ministre adjointe continue de s'adresser à sa fille sur un ton très posé et si doux que je cligne des yeux pour être bien certain que je ne rêve pas.

– Ma chouette, nous ne sommes pas venus nous mêler de tes affaires, mais plutôt te dire un mot sur notre intention de souligner ton anniversaire...

« Ah, si Marilou pouvait toujours me parler sur un ton aussi gentil, ce serait le paradis chez les Meloche ! »

De petits frissons de contentement continuent d'émoustiller ma fourrure alors que la mère d'Émilie parle de tout et de rien, nous étonne par quelques réflexions rigolotes et nous charme complètement tous les trois par sa douceur, sa gentillesse et sa délicatesse. Tant et si bien qu'à peine dix minutes après leur entrée dans la chambre, les parents en ressortent avec une entente quasi inimaginable avec ma Douce.

– Alors, d'accord, ma belle ? Demain, 7 h tapant, ton père et moi t'emmènerons dans un restaurant très chic.

Je vois poindre une petite inquiétude dans l'œil de Fabien alors qu'il quitte la chambre avec sa douce moitié.

Quelle performance époustouflante de la part de Marilou ! Imagine : ma Douce a même accepté de mettre une robe, à la suggestion de sa mère. Du jamais-vu, juré, jappé !

Et pourtant, ma petite griffe me laisse croire que la partie est loin d'être gagnée pour Marilou. Celle-ci a remporté la première manche, mais…

– Mon cher Pierre-Luc…

La voix d'Émilie, qui est de retour à son pupitre, me sort de mes pensées. Je dresse l'oreille.

– … tu as le même âge que moi et tu n'es pas très bon dans les sports, mais je t'aime… euh… bien… euh… un peu… euh… Rrrrrrrrr !

Et vlan !

Je bondis de côté, mais pas assez vite : je reçois la boulette en plein dans l'œil droit !

Ce soir-là, je m'endors très tard, la tête bouillonnante de questions, avec toujours la même expression qui se répète à l'infini : « Ah, la boulette !… »

*****

« Wowww ! »

Le lendemain soir, dans la chambre d'Émilie, alors qu'il est 6 h 59, j'ai les yeux rivés sur ma Douce. Elle a mis sa jolie robe rouge à pois blancs. Mignonne comme tout, elle est fin prête pour aller rejoindre ses parents, sans se douter le moins du monde du coup de théâtre qu'a dû préparer Marilou pour la faire traverser chez Pierre-Luc.

Je me sens aussi angoissé qu'une souris qui décide d'aller prendre le bout de fromage dans une trappe malgré le risque de se rompre le cou.

BANG!... BOUM!... POW!

Émilie quitte la chambre. Je la suis aussitôt. Je descends les marches de l'escalier lentement : pas question de jouer le *Slinky*. Pourtant, j'ai les nerfs en boule... «Comment va s'y prendre Marilou ? Et comment va réagir ma Douce ?»

J'ai le pressentiment que tout va éclater dans la maison. Je suis vraiment dans mes petits coussinets.

«Galoche, sois positif ! Fais donc confiance à Marilou et à son plan, pour une fois !»

BANG!... BOUM!... POW!

Le bruit des battements de mon cœur est si puissant qu'il enterre celui des deux ouvriers toujours à l'œuvre dans la salle à manger. La voix de Marilou en jaillit.

– FAITES ATTENTION ! CE MIROIR VAUT UNE FORTUNE !...

Au bas de l'escalier, quelle n'est pas la surprise de mon Émilie – et la mienne ! – d'apercevoir les parents, encore dans leur habit d'astronaute, en grande discussion avec les travailleurs juchés dans un échafaudage, aux prises avec la pose d'un miroir monstre.

– Ah, Émilie ! s'exclame Marilou en apercevant sa fille. Viens donc ici, s'il te plaît.

Je suis abasourdi.

–Que tu es belle, ma chouette ! fait la mère d'Émilie, qui regarde sa montre. Oh ! Fabien, nous sommes en retard avec tout ça ! Faudrait pas perdre notre réservation. Vite, on va enlever nos habits de protection !

Aussitôt, Marilou attrape un document qui – par pur hasard – traîne sur le coin de l'échafaudage et le place vite dans les mains de sa fille.

–Émilie?... Me rendrais-tu un petit service avant qu'on parte? C'est urgent! J'ai promis d'aller porter ce rapport à Henri-Paul.

Je commence à saisir l'astuce.

– Pas question!... répond Émilie.

– OK, LE GROS, C'EST TIGUIDOU! ON TERMINE EN VITESSE!

BADANG!.... ZZZZZZZzzzzzzzzzz!

– Quoi? lance la sous-ministre adjointe. Écoute, Émilie, le père de Pierre-Luc est seul dans la maison, ce soir, et il m'a dit vouloir en profiter pour travailler sur ce rapport. Et tu sais combien Henri-Paul est important pour ma carrière. Vite, vite, je t'en prie, va le lui porter.

– Non.

ZzZzZZZZ... ZZzzzzzzzzzZZZZZZ...

Oh, la situation se corse et mon museau, lui, se met à remuer nerveusement. Quant au pauvre Fabien, sûrement en désaccord avec le stratagème de sa femme depuis le début, je le vois continuer de se tordre la barbe, dont les paquets de poils entremêlés me font penser à des queues de veau.

– ATTRAPE TON BOUT DU MIROIR, PIS POUSSE-LE VERS LA GAUCHE ! AÏE !... PAS SI VITE, GINO ! L'FEU EST PAS PRIS !

– Écoute, Émilie, sois gentille ! insiste Marilou, qui retrouve peu à peu son naturel autoritaire. Je te demande juste d'aller...

– Non !

– ENVOYE, ENVOYE ! Y EST LOURD, MAIS ON VA Y ARRIVER !

Le teint encore plus rouge que le nez de Gino, dans l'échafaudage, Marilou se tourne vers les ouvriers.

– HÉ, VOUS DEUX, VOUS POURRIEZ PAS PARLER MOINS FORT ? ON S'ENTEND PLUS !

Elle fait demi-tour. Derrière elle, les yeux des ouvriers s'enflamment comme ceux de vampires – j'ai l'impression qu'il va leur pousser des crocs !

– Émilie, c'est donc comme ça que tu nous remercies de t'inviter dans un grand restaurant ? Ne fais pas encore ta tête dure...

Et voilà que le ton de Marilou retrouve également ses notes naturelles de sous-ministre adjointe autoritaire...

– NON, BON ! hurle ma Douce.

Son cri est si percutant qu'il fait sursauter et tituber les deux ouvriers sur l'échafaudage, en lutte perpétuelle avec l'énorme miroir qu'ils doivent visser au mur.

– Émilie, tu vas aller chez Pierre-Luc tout de suite !... TU NE PEUX PAS LUI FAIRE ÇA ! SI TU SAVAIS...

– Si je savais quoi ? De quoi tu parles ?

« AH NON ! » que je hurle à mon tour, en mon for intérieur, convaincu que la colère légendaire de Marilou est sur le point de lui faire révéler le secret de Pierre-Luc.

– Marilou, arrête! lance timidement Fabien, redoutant lui aussi qu'elle gâche la fête surprise de notre voisin.

– Toi, tranquille!

Non, non, ce n'est pas à moi qu'elle parle... mais bien à son pauvre barbu de mari.

– ÉMILIE, CESSE TES CAPRICES, poursuit Marilou, qui semble maintenant hors d'elle-même, CAR, MA PETITE FILLE, TU SAURAS QUE TON CHUM EST SUR LE POINT DE ...

« IMPROVISE VITE, GALOCHE! que je crie dans ma tête. IVG!»

Une seule idée me vient à l'esprit en cette fraction de seconde déterminante: faire taire Marilou sur-le-champ! Moi, Galoche, j'improvise à la vitesse d'un guépard, en sautant sur Marilou à la hauteur de la taille.

– Aïe !

Cette dernière recule sous ma poussée, pile sur mon gros os en caoutchouc poussiéreux qui traînait à cet endroit. Elle perd l'équilibre et tombe à la renverse sur le côté de l'échafaudage. Je vois mon Émilie se sauver à la course.

« Mission accomplie ! que je me félicite. Pour le moment, du moins... »

ET LÀ...

KABOUM !

La salle à dîner entière se met à trembler. Les ouvriers ont eux aussi basculé sur leur échafaudage et ont échappé le monstrueux miroir. Un tonnerre de sons cassants et coupants s'ensuit : CLING ! CLANG ! CLUNG !

Encore affalé sur le plancher, je vois le visage de Marilou se décomposer aussi horriblement que son antiquité. Puis, je remarque sa main droite, qui attrape mon os de caoutchouc vert-de-gris, qu'elle m'a donné dans un moment d'égarement, je crois. « Elle devrait mordre dedans ! que je me dis. Ça lui ferait un grand bien… »

Mais moi, Galoche, je ne ris plus du tout quand la mère d'Émilie se lève d'un bond, brandit sa nouvelle arme et fonce droit vers moi.

– Toi, ma vieille sacoche !... lance-t-elle, le regard brillant de colère.

Je prends mes pattes à mon cou. « Au secours ! » Je quitte la salle, monte l'escalier en trois bonds et débouche dans la chambre de mon Émilie. Je la trouve en pleurs, sur son lit.

Brusquement, un éclair surgit dans ma caboche : Pierre-Luc ! Inquiet comme jamais, je viens de me rappeler la fête surprise et j'imagine notre jeune voisin dans tous ses états, entouré de ses invités qui attendent la fêtée.

IVG! IVG! IVG! que je me répète, atterré par les pas des parents que j'entends dans l'escalier et par l'urgence de trouver une solution. «Mais où est cette idée géniale qui me vient toujours quand je crie IVG?...» Mon moral est sur le point de s'effondrer quand ma patte gauche déplace une boulette par terre... Mes pensées ne font qu'un tour. J'exulte aussitôt: «Galoche, tu es un génie!»

– Wouf!

Sur le lit, Émilie me jette un coup d'œil. Je bondis sur une première boulette et la prends dans ma gueule. Puis, une autre. Ma Douce me regarde toujours. Parfait! Encore une autre. Un vrai écureuil! Enfin, une dernière. J'ai le cœur qui me lève, avec tous ces bouts de papier qui me gratouillent le fond de la gorge. J'arrête d'enfourner des boulettes, car je sens que mes bajoues vont éclater. Et tandis que les grands yeux intrigués de mon Émilie continuent de me fixer, je m'approche du lit, en lui lançant un regard dont elle comprend le message tout de go.

«Et si Pierre-Luc lisait ces... boulet-tes?»

La réaction de ma Douce est encore plus vive que je l'avais anticipé et j'ai juste le temps de l'éviter... BOUM!... alors qu'elle tente de me plonger dessus.

« Ça marche, ça marche ! » que je m'emballe, en fonçant vers l'escalier.

– Aïe ! hurle quelqu'un dans le corridor.

Trop tard ! BADANG ! Je fonce droit dans les jambes de Marilou, qui trébuche à nouveau.

– Ah ! toi, ma...

« Vieille sacoche, je sais, je sais... » que je me dis, n'accordant aucun intérêt à la mère d'Émilie et à ses gentils propos à mon égard.

Je garde le cap droit vers mon objectif : la maison de Pierre-Luc. Surtout, ne pas être rattrapé par ma Douce.

– Émilie ? Galoche ? Où allez-vous comme ça ? Attention dans l'escalier, vous allez vous tuer ! fait la voix lointaine de Marilou, encore sur le derrière. Revenez ici tout de suite ! VOUS ENTENDEZ ?

Non, on n'entend rien et on ne veut rien entendre, foi de Galoche ! Pas plus Émilie que moi !

Mon plan fonctionne à merveille. Tenant les boulettes bien solidement dans ma gueule, je fonce à l'arrière de la maison et file par ma sortie dans le garage. Tout au long de ma fuite, je sens bien ma Douce toujours à mes trousses.

– Galoche, fais pas ça ! ne cesse de crier mon Émilie, alors que je ris dans ma barbichette.

Je m'envole maintenant par-dessus la haie, atterris dans la cour de Pierre-Luc, contourne le côté de la maison sur deux pattes et me mets à sauter comme un vrai fou devant la grande fenêtre du salon, tout près de la porte d'entrée.

« Impossible que Pierre-Luc ou l'un de ses invités ne me voie pas ! » que je tente de me convaincre.

Je m'élève très haut, pattes et oreilles dans les airs. Je recommence le même stratagème, une fois, deux fois. Puis, des bruits de pas, un long froissement et...

– W-OUF!

... me voilà écrasé sur la pelouse comme une galette.

Mon athlétique Émilie vient de me plaquer tel un vrai joueur de football. J'en ai le souffle coupé.

– Mon beau, tu vas me le payer cher..., me marmonne-t-elle à l'oreille.

Elle ne rit pas du tout et sa main tente en vain de me faire cracher les boulettes alors qu'elle me retient au sol de son poids.

«Jamais, jamais, jamais!» que je me répète, les babines serrées comme un étau.

Soudain, à nos côtés, s'élève une volée de «JOYEUX ANNIVERSAIRE, ÉMILIE!» de même qu'un air d'accordéon. Émilie et moi faisons notre entrée dans la maison de Pierre-Luc, escortés par une dizaine de jeunes.

– C'est à ton tour, chère Émilie, de te laisser parler d'amour!

Une fois la surprise passée, ma Douce saisit d'un coup le ridicule de ses pensées sombres depuis des jours à l'endroit de Pierre-Luc. La voilà qui se met à pleurer... de bonheur, cette fois!

« Ah, les humains! Pas faciles à suivre!» que je songe, en laissant tomber le stress, les oreilles, les bajoues, les babines... mais pas les boulettes, ça non! Jamais! Enfin... pas tout de suite...

PLEIN LA VUE, LES OREILLES ET...
LE CŒUR !

« Mission accomplie ! »

Après être resté plus d'une heure à la fête d'Émilie, je suis en route vers la maison des Meloche. « Quelle belle soirée ! »

Chemin trottinant vers la cour, je n'en reviens pas encore du travail de notre jeune voisin pour faire plaisir à ma Douce. Il a transformé le salon en une piste de danse, entourée de ballons multicolores, avec le nom de la fêtée sur chacun en grosses lettres blanches. Et que dire de la bouffe ! Tout ce qu'Émilie aime comme une folle : des sandwichs roulés, des chips au ketchup, de longues réglisses rouges, des biscuits aux raisins et aux pépites de chocolat, des petites saucisses enrobées de bacon, des orangeades Crush, des *cupcakes*, tous au sucre jaune citron (ses préférés)… et j'en passe !

Émilie n'avait pas assez de ses deux yeux pour tout voir et manquait de mots pour exprimer tout ce que son cœur gonflé d'émotion aurait souhaité dire.

Moi, Galoche, je te le confirme : malgré son caractère un peu effacé, Pierre-Luc peut faire un aussi bon président d'école ou chef que Rosalie et Émilie !

« Tiens, Henri-Paul ! » Le père de notre jeune voisin quitte la maison des Meloche, sans me voir, et sûrement très fier de son fils… Mais jamais personne ne pourrait être aussi fier que moi en ce moment : tout mon plan a marché comme sur des...boulettes ! Je te raconte ce moment crucial de ma mission.

*****

Déjà un bon moment qu'Émilie est entrée chez Pierre-Luc. Elle vit la surprise de sa vie. Ma Douce est plus heureuse qu'elle ne l'a été depuis longtemps. Elle se promène d'un groupe à l'autre parmi les amis invités par Pierre-Luc : des membres de l'équipe de soccer d'Émilie, les Kangourous, et des bénévoles du lavothon. Tous semblent s'amuser comme des petits fous. Sauf moi, seul dans un racoin du salon, des boulettes dans la gueule...

– Hé, *Slinky* ! hurle soudain Rosalie, qui vient de m'apercevoir et qui s'adresse à moi sans arrêter de jouer de l'accordéon. Sors de ton trou, tabarouette ! Pis cesse de t'empiffrer comme un goinfre !

« Ah, celle-là ! Toujours un mot gentil... » que je pense, soulagé de la voir s'éloigner sans plus insister.

Je sens les muscles de mes bajoues sur le point de lâcher et d'éjecter mes précieuses boulettes... Je m'efforce de garder les babines bien serrées ensemble. « Je dois accomplir ma mission jusqu'au bout, foi de Galoche ! »

Tandis que certains jeunes chantent, emportés par les airs d'accordéon, que d'autres se tortillent comme des anguilles sur la piste de danse au fond du grand salon et qu'un petit attroupement est ébahi par les tours de magie du petit Guy, je reprends mon rôle d'espion. Je surveille les allées et venues de Pierre-Luc. L'hôte de cette fête a établi, me semble-t-il, son centre d'opération dans l'immense bureau de son père. Il est aidé par quelques copains et il voit à ce que ses invités ne manquent de rien.

Pierre-Luc se retrouve soudain seul dans le bureau. «Enfin, ça y est!» Sans crier *wouf,* je vais le rejoindre et lui barre le chemin. Je m'assois droit devant lui. Les bras chargés de cannettes d'orangeade, il me regarde, très intrigué, tandis que je laisse tomber de ma gueule les boulettes, une à une. Nos regards se croisent un très bref instant, se comprennent, et dès que je vois Pierre-Luc poser les cannettes par terre et avancer le bras vers une boulette, je me défile.

Bien entendu, la gueule libérée, j'en profite pour me rapprocher des victuailles. Sur place, je fais les beaux yeux à quelques jeunes. Ces bons Samaritains me font vite oublier le supplice des boulettes en me donnant de succulents sandwichs aux œufs, au thon, à la salade de poulet... Bref, un régal bien mérité, tu seras d'accord avec moi!

Et pourtant... BADING! BADANG!... BADING! BADANG!

Mes sandwichs font des triples sauts arrière dans ma gueule alors que d'autres en sont carrément éjectés.

– Ha, ha, ha!... Ha, ha, ha!... se tord de rire un nouvel invité, tout juste derrière moi. C'est ça qui arrive quand on veut avaler une montagne de sandwichs! Ha, ha, ha! Ha, ha, ha!...

Fier de son coup, le père Noël Ville-neuve s'apprête à soulever de nouveau sa satanée cloche.

« C'est pas vrai! » Désespéré, je me sauve à toute vitesse au fond du salon. Sans trop savoir comment, je me retrouve soudain au beau milieu de la piste de danse. Après un petit moment, j'ai les yeux croches à force d'observer les jeunes sauter, grimacer, gesticuler comme des marionnettes en folie. Et quelle déveine pour mes oreilles: d'interminables « BOUM! BOUM! » jaillissent, faisant même vibrer les fenêtres de la maison.

Avant de devenir sourd pour la vie, je tire ma révérence et retourne dans mon racoin de tout à l'heure. «W-ouf! Enfin, un peu de calme... Mais où est passée Émilie?»

Je jette quelques coups d'œil par-ci, par-là. En vain. Soudain, je remarque que la porte du bureau d'Henri-Paul n'est plus grande ouverte. Mon pif me dit que je devrais immédiatement aller fouiner de ce côté... ce que je fais illico, en glissant ma tête dans l'entrebâillement de la porte. J'y découvre deux tourtereaux, les yeux dans les yeux, le nez dans le nez, les lèvres dans les lèvres, le menton dans le menton et, surtout, quelques papiers froissés à leurs pieds...

Je me réjouis: «Mes boulet-tes!» J'assiste à un moment historique: le premier vrai baiser des mes amis Émilie et Pierre-Luc. L'ère des petits bécots semble bel et bien révolue...

 Tu comprendras que je me suis esquivé en douce...

Mais, à peine trois *empattées* à l'extérieur du bureau, je suis interpellé.

– *Slinky*, me lance Rosalie, as-tu vu notre belle Émilie?

Je prends mon air innocent, souhaitant qu'elle s'éloigne.

– Tabarouette, tu vas pas encore me faire le coup du chien gaga! marmonne-t-elle en faisant un pas vers la porte du bureau d'Henri-Paul.

– GGGGrrrrrr...

J'ai beau être un chien doux et booon, personne au monde ne pourra pénétrer dans cet endroit avant quelques minutes.

– Oh, oh! fait la présidente, qui s'arrête net.

Je lui jette un regard à faire frémir le plus gros des sumos.

– OK, le chien! J'entre pas là-dedans, promis!

Puis, Rosalie se penche vers moi et me dit à l'oreille:

– On va les laisser tranquilles, nos amoureux. Ne t'en fais pas!

Je suis ébahi: elle a tout compris.

– Finalement, t'es vraiment un booon chien! dit-elle en me caressant, avant de me quitter et d'aller rejoindre ses amis.

Moi, Galoche, je reste là un moment, un peu gaga, je l'avoue...

*****

BANG!... GLING! GLANG!... BOUM!

Me voilà chez les Meloche, sorti de ma période de *gagaïsme*, en train de longer le corridor sur la pointe des coussinets. Pas de Marilou en vue, mais des ouvriers en fusil, ça oui!

– ATTENTION! C'EST COUPANT, CES BOUTS DE MIROIR!...

– ON VA-TU FINIR PAR FINIR !

Tout heureux de ne pas être arrivé *museau* à face avec Marilou, je file vers la chambre d'Émilie et m'affale de tout mon long au pied du lit. «W-ouf! Un peu de répit avant l'orage...»

Je me doute bien que la mère d'Émilie me tombera dessus à pattes raccourcies dès qu'elle le pourra pour la perte de son fameux miroir. Mais j'ai décidé de prendre le temps de savourer ma grande victoire. Car, sans vouloir *me péter les oreilles*, j'ai été le vrai héros de cette belle réconciliation !

Je m'apeure soudain en entendant des pas dans l'escalier. «Oh non! Pas déjà!...»

Prêt à affronter les pires semonces de ma vie, quelle n'est pas ma surprise de voir entrer mon Émilie, radieuse !

– Galoche, mon beau! Je te cherchais partout pour te dire merci !

Ah, ma Douce! Elle et moi, nous nous connaissons aussi bien que les deux griffes d'une même patte: elle a deviné que j'étais venu me réfugier dans sa chambre. Elle a sûrement compris que j'en avais également *ras le poil* du vacarme et des singeries de ses amis sur la piste de danse.

Elle m'entoure de ses bras et dépose doucement un bécot sur mon museau. Elle me confirme qu'elle me doit sa réconciliation avec Pierre-Luc.

– Sans toi, Galoche, je n'aurais jamais vécu tous ces beaux moments...

Je ris dans ma barbichette, comblé par ses gentillesses. «Le premier vrai baiser avec Pierre-Luc!»

BANG!... GLING!... GLANG!... BOUM!

– J'allais oublier! fait-elle en sursautant, comme si les bruits du rez-de-chaussée lui rappelaient brusquement quelque chose. J'ai un petit cadeau pour toi.

Moi, Galoche, j'aime bien recevoir des présents... surtout lorsque ce n'est pas mon anniversaire!

– Regarde, lance Émilie, souriante, en sortant une minuscule boîte de l'un des tiroirs de sa commode.

Devant ces petits bouts de caoutchouc bizarres, je perds tout enthousiasme.

– J'ai été t'acheter des bouchons...

«Des bouchons??? » Je suis déconcerté devant pareil cadeau. Je ne vois pas son utilité. Pourtant, dès que mon Émilie place ces bouchons dans le creux de mes oreilles, je suis aux oiseaux... «Quel doux silence! que je me dis, étonné par l'étanchéité de ceux-ci. Et quel bien-être!»

Émilie enlève le bouchon de mon oreille droite.

– Je sais quelle torture c'est pour toi d'entendre tous ces bruits à cause des rénovations. Alors, il y a quelques jours, je t'ai acheté ces bouchons en revenant de l'école. Je te les mettrai seulement durant les *rénos* et au besoin. Comme ce soir! Car tu dois absolument dormir et te reposer après tout ce que tu as fait et enduré! Si tu es d'accord, je te les enlèverai à mon retour de la fête, plus tard.

«Quelle bonne idée!»

Émilie lit dans mon regard et replace le bouchon. Puis, elle l'enlève de nouveau.

– Mais tu ne dois pas sortir de la chambre. Ce pourrait être dangereux. Promis?

«Juré, jappé!» que je lui réponds en clignant des yeux.

Elle me sourit, replace le bouchon... pour encore le retirer aussitôt.

– Galoche, tu le sais, hein?... Même si j'aime beaucoup Pierre-Luc, tu seras toujours mon ami pour la vie, tu n'as pas à être jaloux...

Quelques autres mots gentils plus tard, fier comme un paon, je me laisse retomber au sol et regarde ma Douce s'en aller, comme dans un rêve... dans le silence absolu.

*****

Assoupi au pied du lit depuis un bon moment, je sens soudain une brise qui fait lever les quelques poils de mon toupet. J'ouvre les yeux. Mon cœur se met à faire autant de sauts et de singeries dans ma poitrine que les jeunes sur la piste de danse chez Pierre-Luc. «Ce sont les pieds de Marilou!»

Paniqué, je me lève d'un bond... SANS FAIRE LE MOINDRE BRUIT. Je suis étonné. Puis, vite, je me rappelle les bouchons et comprends que je n'ai pas entendu arriver la mère d'Émilie dans la chambre. «Oh, oh, je ne suis pas sorti de la niche!» Je m'attends au pire.

Je lève le museau et vois Marilou qui s'adresse à moi. Ses paroles me coulent dessus comme l'eau sur le dos d'un canard: bien sûr, JE NE L'ENTENDS PAS! Mais depuis combien de temps me parle-t-elle ainsi?

Amusé, et un peu surpris, je l'avoue, je l'observe. Elle me parle d'abord sans trop me fusiller du regard. Je me dis que, comme toujours, elle doit me faire la morale avant d'en arriver au tonnerre d'insultes. Je prends alors mon air des beaux jours; mon air «gaga», dirait sans doute Rosalie...

La mère d'Émilie continue de m'interpeller. Après un long bâillement de ma part, elle semble vite retrouver ses allures de sous-ministre adjointe: elle rougit, ses yeux se plissent, son regard devient menaçant et, comme d'habitude, elle semble crier après moi comme une perdue.

«Quelle agréable sensation de ne pas avoir les oreilles écorchées vives!» Je maintiens mon attitude de chien innocent, qui n'y comprend rien à rien. Pourtant, connaissant Marilou, je n'ai aucune difficulté à m'imaginer ses propos:

– Espèce de vieux Galoche! Par ta faute, j'ai perdu mon beau miroir qui valait une fortune! Les travaux vont prendre plus de temps et les ouvriers vont encore moins m'aimer. Tu es pire qu'une peste!

Et patati, et patata...

Je me laisse glisser au sol, je referme les yeux doucement en sachant que, pour la soirée, je resterai étanche aux semonces de Marilou. «Un merveilleux moment, foi de Galoche!... Merci mille fois, Émilie!»

Me voilà parti dans de beaux rêves...

Quelle belle fin de journée!

ATTENTION! ATTENTION!
À partir d'ici, ce n'est plus Galoche qui écrit mais bien moi, Yvon Brochu, auteur. Je ne pourrais dormir sur mes deux oreilles si je ne te révélais pas la vraie fin de ce roman... D'habitude, je laisse Galoche raconter ses aventures à sa façon. Mais, cette fois-ci, je n'ai pas le choix, je dois intervenir. Je profite donc de son sommeil pour tout te raconter...

Marilou trouve Galoche au pied du lit d'Émilie.

– Galoche, mon beau... Ouvre les yeux. J'ai une bonne nouvelle à t'annoncer.

Galoche continue de dormir. Étonnée par son comportement, la mère d'Émilie poursuit :

– Ne joue pas l'endormi. Je sais que tu te réveilles au moindre bruit… Écoute, je ne viens pas du tout pour te chicaner. J'ai tout oublié du miroir. Ce n'est pas grave ! J'ai bien compris que tu ne voulais pas que je révèle le secret de Pierre-Luc… Oui, tu as bien fait, même si j'ai deux gros bleus sur les fesses…

Galoche ouvre soudain un œil et se lève d'un bond.

– Ah, voilà ! C'est mieux !…

Galoche fixe les yeux de Marilou d'un air étrange.

– Écoute bien ce qui m'arrive : Henri-Paul est venu me dire qu'il était heureux comme un pape que le party de son fils ait marché comme sur des roulettes ! Il m'a aussi confié que mon idée d'envoyer Émilie à tes trousses, à 19 h, était géniale. Il t'a trouvé merveilleux. Un vrai héros !

L'air indifférent du chien de la maison des Meloche commence à taper sur les nerfs de la sous-ministre adjointe.

– Dis donc, m'écoutes-tu, Galoche?... Et puis, s'il te plaît, cesse de prendre cet air... gaga!

Retrouvant son enthousiasme, Marilou en arrive au clou de sa visite:

– Incroyable: pour me remercier, Henri-Paul m'a promis que, d'ici six mois, il me trouverait un nouvel emploi: celui de SOUS-MINISTRE. Pas sous-ministre ADJOINTE!... SOUS-MINISTRE tout court... Une vraie promotion!... Et tout cela, Galoche, je le reconnais volontiers, c'est arrivé grâce à toi! Alors je suis venue te dire merci du fond du cœur... et m'excuser pour les fois où je n'ai vraiment pas été correcte avec toi!

Galoche laisse échapper un long bâillement.

Les joues rouges et les yeux plissés, la nouvelle sous-ministre tout court poursuit sur un ton moins chaleureux et d'une voix tremblotante qui dénote de gros efforts de sa part pour contenir la colère qui gronde de plus en plus fort à l'intérieur.

– J'étais venue faire la paix avec toi, Galoche...

Marilou ne remarque toujours pas le moindre petit changement d'attitude de la part de Galoche.

– ... et même t'offrir de réaliser un vœu qui te ferait grand plaisir...

Galoche ouvre la gueule et s'apprête à bâiller de nouveau lorsque le volcan Marilou explose :

– MAIS SI ÇA T'INTÉRESSE PAS, TON VŒU, TU PEUX L'OUBLIER *AD VITAM ÆTERNAM*!

La sous-ministre se repent aussitôt, réprime sa colère et prend même le soin de s'excuser. Du jamais-vu! Heureuse de sa performance, Marilou dit, sur un ton très gentil :

– Alors, Galoche, qu'est-ce que tu aimerais que je fasse pour toi? Ou encore que la famille fasse pour toi?... Un nouveau panier? Un énorme sac de boulettes craquantes comme tu les aimes? Des crêpes de Fabien à volonté? Tes désirs sont des ordres, pour une fois! À toi d'en profiter!

À ce moment précis, la mère d'Émilie voit Galoche s'affaler sur le plancher, fermer les yeux et se laisser aller à ses rêves...

Il n'en faut pas davantage pour créer chez la volcanique Marilou une vraie éruption:

– ESPÈCE DE VIEILLE SACOCHE, DE GRAND SANS-CŒUR, DE TÊTE DURE, DE GROSSE VADROUILLE AMBULANTE...

Et là s'arrête mon intrusion...
Toi qui lis cette fin de roman, il faut
me «jurer japper» que ceci restera un
secret entre toi et moi... car Galoche ne
s'en remettrait jamais s'il savait qu'il
est passé à deux griffes de voir Marilou
devenir son amie...
foi d'Yvon!

YVON BROCHU

Yvon n'a jamais participé à un lavothon comme son fidèle Galoche. Il est plutôt un adepte des *écritothons*: savais-tu que le roman Galoche que tu viens de lire comporte plus de 18 000 mots? Et que l'auteur passe plus de 9 000 minutes à l'écrire? Comme il a écrit 11 aventures de Galoche jusqu'à présent, il a passé près de 100 000 minutes devant sa tablette de feuilles quadrillées, 8 ½ sur 14, à rédiger, à utiliser des centaines et des centaines de mines de plomb 0.5 mm, à user sa gomme à effacer jusqu'à la dernière miette... de quoi avoir la broue dans le toupet, lui aussi! Qu'en dis-tu?

DAVID LEMELIN

«David, peux-tu me dessiner de la broue dans le toupet?» m'a demandé Yvon. «Bien sûr!» lui ai-je répondu. Je sais de quoi je parle. J'en ai pratiquement chaque fois qu'il me faut remettre une de mes œuvres... J'ai donc eu une certaine facilité, je l'admets, à créer les illustrations que tu peux voir dans ce roman. Galoche qui se cogne, qui déboule ou qui tombe, rien de plus facile. Il nous a habitués à ça, et c'est ce qui le rend si attachant et si amusant à retrouver. Quelqu'un qui trébuche en essayant de s'installer vite, vite à sa table à dessin parce qu'il a de la broue dans le toupet... c'est attachant, non? Bonne lecture!

Auteur : Yvon Brochu
Illustrateur : David Lemelin

Romans

1. Galoche chez les Meloche
2. Galoche en a plein les pattes
3. Galoche, une vraie année de chien
4. Galoche en état de choc
5. Galoche, le vent dans les oreilles
6. Galoche en grande vedette
7. Galoche, un chat dans la gorge
8. Galoche, sauve qui pique !
9. Galoche, haut les pattes !
10. Galoche, c'est parti, mon frisbee!
11. Galoche, la broue dans le toupet

BD

1. Galoche supercaboche
2. Galoche supercaboche et le club
   des 100 000 poils
3. Galoche supercaboche et les Jeux olympiques

www.galoche.ca

RECYCLÉ
Papier fait à partir
de matériaux recyclés
FSC® C021757

MARQUIS

Marquis imprimeur inc.

Québec, Canada
2011

Imprimé sur du papier Silva Enviro 100% postconsommation
traité sans chlore, accrédité Éco-Logo et fait à partir de biogaz.